승유 퓨전 판타지 소설
FUSION FANTASTIC STORY

환생마법사
Magician return

환생 마법사 4

승유 퓨전 판타지 소설

초판 1쇄 찍은 날 § 2015년 6월 23일
초판 1쇄 펴낸 날 § 2015년 6월 30일

지은이 § 승유
펴낸이 § 서경석

편집책임 § 한준만

펴낸곳 § 도서출판 청어람
등록번호 § 제387-1999-000006호
등록일자 § 1999. 5. 31
어람번호 § 제1-2160호

주소 § 경기도 부천시 원미구 부일로 483번길 40 서경B/D 3F (우) 420-822
전화 § 032-656-4452 팩스 § 032-656-4453
http://www.chungeoram.com
E-mail § chungeorambook@daum.net

ISBN 979-11-04-90291-8 04810
ISBN 979-11-04-90104-1 (세트)

승유 퓨전 판타지 소설

FUSION FANTASTIC STORY

환생마법사

Magician return

4

도서출판
청어람

환생마법사

Magician return

CONTENTS

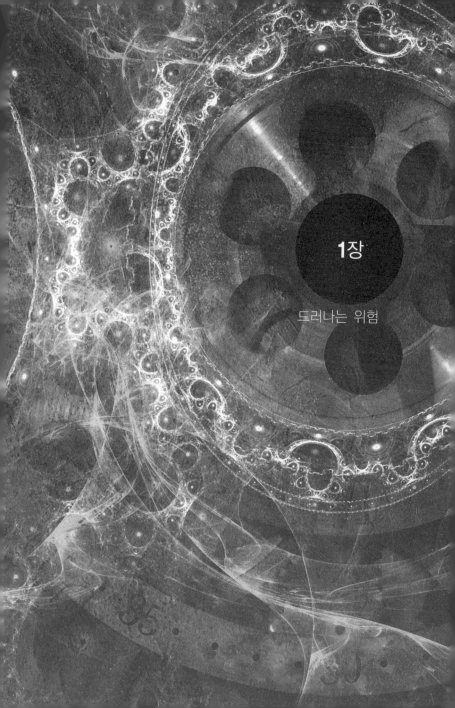

1장

드러나는 위험

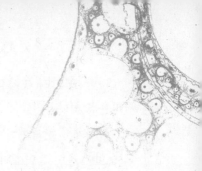

모습을 드러낸 블랙 오크의 숫자는 다섯이었다.

계속해서 쏟아지는 빗줄기 탓인지 표정들은 가관이었다. 얼굴이 잔뜩 일그러진 오크들은 질척해진 지면을 기분 나쁘게 밟아가며 이동 중이었다.

나는 바위가 만들어준 어둠 속에서 조용히 상황을 살폈다.

혹시나 느껴지는 마나의 기운이 있나 감각을 집중했지만 느껴지지 않았다. 이들 중에 오크 메이지가 섞여 있지는 않다는 뜻이다.

다만 한 가지 특이점이 있다면 모두가 중무장을 한 상태라는 것이다.

상의에서 하의까지 모두 무장 갑주였고, 방수 처리가 되어 있어 물이 스며들지 않고 흘러내렸다.

이들의 복장만 봐도 이미 다수의 오크가 전투 무장이 되어 있음을 알 수 있었다.

아울러 체계적인 통제 아래 과거 '미개하다' 불리던 시절에서 탈피해, 하나의 거대한 군대로 태어나고 있음을 뜻하는 증거이기도 했다.

나는 조용히 거리를 잰 뒤, 빠르게 마법을 캐스팅했다.

라이트닝 스트라이크. 이 정도의 거리면 모두를 감전시켜 숨을 끊기에는 좋은 거리다.

빠지직!

빠직!

"으응?"

빠지지지지지직!

빗줄기 속에서 들려온 전류의 소리를 들었을 때, 이미 블랙 오크들은 자신들을 향해 날아들고 있는 내 마법을 정면으로 마주하고 있었다.

"끄으으으으으으으!"

순식간에 감전이 이루어졌다.

마치 끈과 끈을 연결하듯, 첫 번째로 피격당한 블랙 오크가 몸을 부르르 떨며 다른 동료를 잡자 그대로 감전이 이어졌다.

　하지만 그것도 잠시, 육체가 감당 가능한 그 이상의 전류에 노출된 오크들은 그대로 눈을 까뒤집은 채 앞으로 고꾸라졌다.

　"히, 히이이익!"

　순식간에 동료 넷이 불귀의 객이 되자, 내가 마나의 안배를 통해 살려둔 오크의 표정이 하얗게 변했다.

　사람들은 오크들이라 하면 로드의 명령을 충실히 따르는 겁도 없는 존재처럼 생각하지만, 그건 완전히 왜곡된 것이다.

　로드의 존재, 그의 명령이 절대적일 뿐 개개인으로 놓고 보면 결국 사람과 다를 것이 없었다. 로드를 위해 초개와 같이 목숨을 버린다기보다, 전체 군중의 분위기에 쉽게 감정이 빨려드는 타입인 것이다.

　빠직.

　빠지지직.

　"히이이익!"

　내가 보란 듯이 오크의 앞에 전류 구체를 캐스팅해 놓자, 놈의 표정은 더더욱 일그러졌다.

이미 숨이 끊어진 다른 녀석들은 혀를 밖으로 빼문 채, 침을 질질 흘리며 죽음의 흔적을 남겨놓고 있었다.

"너를 죽일지 안 죽일지에 대한 결정은 내가 생각하기 나름이야. 죽기를 바라나? 그렇다면 바로 뒤를 따라가게 해줄 수도 있지."

"사, 사, 사, 살려!"

잔뜩 긴장을 했는지 녀석은 제대로 말을 잇지도 못했다. 물론 녀석들이 하는 말이 인간의 언어는 아니다. 그들 고유의 언어를 사용하지만, 나는 알아듣고 대화를 할 수 있을 뿐이다.

나뿐만이 아니라 보통 군에 소속된 검사, 마법사, 기사들은 오크, 엘프들의 언어를 배웠다.

심화로 배우면 의사소통이 가능할 정도까지 배우게 되고, 그것이 아니라면 기본 대화만 가능할 정도다. 귀족의 학습 필수 요소 중 하나이기도 했다.

그만큼 두 종족과의 접근도가 높기 때문이다.

"원하는 부분에 대한 답만 해준다면 온전히 살려 보내주지."

"무, 물어보십시오!"

녀석은 겁에 잔뜩 질렸는지 존대까지 섞어가며 말했다. 물론 약속한 대로 살려줄 생각은 없다.

이 녀석을 살려 보내는 건 득은 하나도 없이, 실(失)만 존재하니까.

"벌써 너희들의 전쟁 준비가 끝난 것이냐?"

"그, 그게⋯⋯."

빠지지직!

대답을 망설이는 녀석에게 나는 미련 없이 라이트닝 스트라이크의 구체를 앞으로 들이밀어 보여주었다.

당장에라도 머릿속을 태워 버릴 수 있는 전류구가 앞에서 왔다 갔다 하자, 덩달아 오크의 표정도 더욱 새하얗게 질려 버렸다.

"왜 정탐을 나와 있었지?"

"곧 큰 비가 내린다는 사실을 사제들이 알아냈고, 사전 작업을 하기 위해서 주변을 다시 한 번 정탐하려고 나왔던 차였습니다. 인간들의 시선이 닿으면 안 되니까⋯⋯."

녀석은 죽음이 두려웠는지 그야말로 술술 불어댔다.

사전 작업, 아직 설명을 듣지는 않았지만 어떤 것인지는 보지 않아도 짐작할 수 있다.

바로 물길을 막는 작업이다.

모르고스 산맥에 위치한 수많은 지류를 동물의 가죽으로 엮은 두꺼운 막을 이용해 막고, 물을 모을 수 있는 만큼 모은 뒤 한 번에 지류를 통해 흘려보내는 것이다.

그러면 과거에도 그랬듯이 제국 남부는 온통 물바다가 되고 만다.

시간당 처리 가능한 치수 시설의 한계점을 순식간에 돌파하게 되고, 거기에 이미 내리고 있는 비로 인해 쌓인 물이 겹치면서 하천과 강가의 물이 범람하기 때문이다.

물론 만약을 대비해 쌓아둔 제방과 임시 수로들이 있긴 하지만, 그것들은 이미 지금 내린 엄청난 폭우들을 겨우 감당할 수 있는 수준일 터.

"작업이 시작되고 있는 건가?"

"이미 시작됐습니다."

생각보다 빠른 시기에 시작됐다.

애초에 비가 내린 시점도 예상보다 빨랐고, 모든 흐름이 빠르게 흘러가고 있었다.

선택을 할 필요가 있었다. 이미 작업이 시작된 지금, 폭우가 계속해서 쌓이고 쌓인다면 그야말로 거대한 물 폭탄이 될 것은 분명하다.

위치가 어디인지는 알고 있다. 지류를 막을 만한 곳은 당연히 한정적이고, 예전의 경험을 토대로 위치를 특정할 수는 있었다.

"그럼 이제 가봐도 되는… 끄허억!"

빠지지직!

슬며시 방향을 돌려 빠져나가려던 오크를 향해 나는 미련 없이 라이트닝 스트라이크를 전개했다. 근거리에서 직격당한 오크는 자신이 죽었다는 사실조차 인지하지 못한 채 그대로 앞으로 고꾸라졌다.

우연이었지만 어쨌든 중요한 정보를 입수했다.

이 작업이 예정대로 순조롭게 진행되면 스페디스 제국 남부는 그야말로 물바다가 되고 만다. 이렇게 된 이상 미연에 막는 것이 좋다.

다만 그러기 위해선 나 혼자의 힘으로는 부족하고, 동료들의 움직임이 필요했다.

블랙 오크의 뒤에 블랙 드래곤이 개입하고 있는 만큼 시간을 지체하는 순간 어떤 상황이 펼쳐질지 알 수 없었기 때문이다.

"좀 더 움직여 봐야겠다."

나는 숨이 끊어진 채, 옆에 널브러져 있는 오크들을 옆으로 보이는 비탈길로 밀어 버렸다.

이미 비탈길 아래의 지류에는 물이 잔뜩 고여 있었고, 흐르는 물 사이에 빠진 오크들의 시체는 그대로 떠내려갔다.

이대로 물길만 잘 따라간다면 제국 남부의 어딘가에서 둥둥 뜬 채로 모습을 드러내게 될 것이다.

밤잠을 반납해 가며 상당한 거리를 이동한 나는 예전의 기억과 현재를 짚어가며 모르고스 산맥의 상황을 파악했다.

그리고 예상했던 지점에 상당수 모여 있는 오크들을 발견할 수 있었다.

수는 어마어마했다.

내 예상보다도 빠르게 움직인 탓에 벌써 지류를 막는 1차 작업이 되어 있었고, 물이 계속 쌓이기 시작하면서 이를 보강하기 위한 작업이 한창이었다.

오크의 수는 수백 단위였고, 혹시나 하고 걱정했던 오크 메이지도 보였다.

전략적으로 움직여야 했다.

이런 곳은 한두 군데가 아닐 터다. 그리고 시간이 흐르면 흐를수록 더 큰 폭탄이 되어 찾아올 터.

나는 날이 밝는 대로 동료들에게 이 사실을 알린 뒤 움직이기로 결정했다.

블랙 오크.

그들이 벌써 움직이고 있었다.

*　　　*　　　*

크리스티나와 테노스, 아론이 깨어난 것은 아침이 아닌 새벽 중이었다.

4시간 남짓의 수면을 취한 그들은 아직 날이 밝으려면 한참을 남았음에도 불구하고 몸을 일으켰다.

"정말 물바다가 따로 없습니다, 단장님. 이런 비가 내린 적이 있습니까?"

"남부에서는 흔한 일이야. 우리가 있는 북동부처럼 건조한 곳에서는 있을 수 없는 일이지만 말이지."

"그런데 레논, 어딜 다녀온 거야? 잠도 자지 않고."

"알고 있었던 모양이네."

"잠귀가 밝은 편이라서. 주변을 정탐한 거야? 잠까지 반납해 가면서?"

"주변보다 좀 더 멀리 가봤어. 단장님, 그리고 아론 님. 생각보다 상황이 좋지 않습니다."

"후후, 좋은 상황이 있을 것이라고는 기대하지 않았지. 어떤 이야기지?"

"블랙 오크들이 물길을 막고 있습니다. 모르고스 산맥에서 시작해 제국 남부로 이어지는 지류들을 대상으로요. 이미 작업이 어느 정도 진행되어 물길이 막힌 상황입니다. 이대로라면 방류하는 순간에 엄청난 물 폭탄이 제국의 남부를 쑥대밭으로 만들게 될 겁니다."

"그게 정말이야?"

가장 먼저 표정이 변한 것은 아론이었다.

내 말을 듣고 얼마나 심각한 문제인지 바로 실감을 했기 때문일 것이다.

좀처럼 표정의 변화가 없는 테노스도 이번만큼은 심하게 일그러진 얼굴로 상황을 받아들였다.

"이건 생각보다 위험한 상황인데. 벌써 지류를 막았단 말인가?"

"비가 내리기 전에 사전 작업을 모두 해둔 것 같습니다. 이대로라면 계속 물이 쌓일 겁니다. 언제 터질지 모르는 시한폭탄이 되어서 말이죠."

"이걸 케플린 공작에게 알리기에는 시간이 늦다. 모르고스 산맥 안에서는 텔레포트도 여의치 않고, 아무리 서둘러도 모르고스 산맥을 빠져나가는 데만 해도 하루 가까이 걸릴 거다. 통신석을 이용해서 교신을 한다고 해도, 주요한 지원을 받으려면 최소 이틀. 그 전에 일이 터질 가능성이 훨씬 커 보이는데."

"제 생각도 같습니다."

"우리가 움직여서 해결될 수 있을 것처럼은 보여?"

내가 중요한 이야기를 꺼내려는 찰나, 크리스티나가 상황의 흐름을 빠르게 읽고는 말을 이었다.

그녀는 확실히 적극적이었다.

주변의 도움을 받기 힘든 상황이고 얼마나 지금 상황이 위험한지는 충분히 짐작이 가니, 바로 움직이고자 하는 모습이었다.

"오크 메이지들이 보이긴 했지만, 수는 하나에서 둘 정도. 아마 가죽들로 만든 막을 계속해서 강화하는 작업을 하는 마법사겠지. 내구성을 계속해서 높여줄 테니까. 나머지는 오크 전사들이고, 수는 500마리 정도 되어 보였어."

"하지만 지류 한 군데를 막아서는 의미가 없지. 모르고스 산맥에서 시작되는 지류는 열두 개 정도 된다. 그중에서 제국 남부로 바로 이어지는 지류가 일곱 개가 되지."

내가 크리스티나의 말에 답을 하자, 테노스가 바로 말을 이었다.

"같은 규모의 전력이 그렇게 퍼져 있을 겁니다. 그 이상일 가능성이 훨씬 높죠. 제가 파악한 지류는 우회해서 남부로 이어지기 때문에 상대적으로 위험 요소가 낮은 부분도 있습니다. 그래서 상주 전력이 적을 겁니다."

"후, 이러면 정말 케플린 공작으로부터 폭탄을 떠밀려 받은 셈이 됐군. 이건 단순히 블랙 오크들이 모습을 드러낸 정도의 문제가 아니라……."

"전쟁 조짐이죠. 아무 의미 없이 이런 짓을 할 리가 없지 않습니까."

아론이 핵심을 짚었다. 그의 말대로였다.

"전쟁의 유무를 떠나서 시간이 흐르면 흐를수록 더 큰 물난리가 나겠군. 하지만 우리 힘으로 해결하기에는 쉽지 않아. 크리스티나, 네가 수고를 해줘야겠다. 지금 이 상황에서 레논이 빠지면 어려울 테니."

테노스는 빠르게 판단을 내린 듯, 크리스티나를 바라보았다.

그의 눈빛에서 뜻을 읽은 크리스티나는 바로 자리에서 몸을 일으켰다.

"제가 전달하는 게 가장 빠를 것 같아요. 레논은 마법으로 충분히 타격을 줄 수 있고, 남은 셋 중에서 기동성은 제가 가장 좋으니까요. 그렇죠, 단장님?"

결정은 빠르게 이루어졌다.

말이 끝나기가 무섭게 크리스티나는 다시 모르고스 산맥 반대편, 그러니까 제국 방향으로 이동했다.

이미 쌓인 물이 꽤 되는 상황에서 지류를 마냥 막아놓게 할 수도 없지만, 터뜨릴 경우에는 엄청난 양의 물이 방류될 터. 대비가 필요했기 때문이다.

크리스티나는 동굴 안에서 테노스가 자필로 작성한 서신

을 바로 품에 안고는 뒤도 돌아보지 않고, 왔던 길을 되돌아 나갔다.

그리고 나와 테노스, 아론은 이후의 움직임에 대한 계획 준비에 들어갔다.

시간이 그 무엇보다도 중요한 일인 만큼, 대화는 빠르게 진행되었다.

"아차."

나는 크리스티나가 나간 뒤, 한참을 지나고 나서야 그녀가 되돌아가야 하는 길이 클린 마법으로 보호를 해주지 않으면 위험한 곳이라는 것을 깨달았다.

테노스와 아론에게 이후의 계획을 세우도록 당부해 두고는 블링크 마법을 이용해 빠르게 크리스티나의 뒤를 따라갔다.

다행히 쉴 새 없이 블링크 마법을 시전해서 그녀의 뒤를 따라붙은 보람이 있어, 어렵지 않게 크리스티나를 발견할 수 있었다.

"왜?"

"놓친 게 있잖아. 늪지대를 통과하려면."

"아!"

그제야 크리스티나도 급작스럽게 움직이는 탓에 잊어버

린 것이 떠올랐는지 탄성을 질렀다.

이미 전장에서 산전수전 경험을 쌓은 나와 크리스티나도 순간적으로 중요한 것을 놓쳤을 정도로 이번 오크들의 움직임은 위험했다.

나는 크리스티나가 늪지대를 통과할 때까지 충분히 유지될 수 있을 만큼의 클린 마법을 걸어주었다. 넉넉하게 마나를 둘러놓았으니, 여기서 걸어가지 않는 이상은 무난히 늪지대를 통과할 수 있을 것이다.

*　　　*　　　*

다시 원래 위치로 복귀하자, 테노스와 아론은 어느 정도 생각을 정리해 두었다. 크리스티나가 지원군을 요청하기 위해 떠나긴 했지만, 정말 아주 빨라도 하루는 걸릴 것이다.

결국 하루의 시간 동안은 여기 있는 셋이서 해결을 봐야 했다. 이미 어느 정도 물이 고인 상태에서는 한 번에 다 터뜨리는 것도 위험하다.

"레논, 이 정도 거리면 타격할 수 있나?"

"가능합니다."

"그러면 런 앤 히트로 가지. 나와 아론이 먼저 놈들의 시

선을 끌 테니 그 사이에 이쪽 샛길로 들어와 최대한 가까이
서 노린다."

"그게 좋겠군요. 하지만 이 녀석들이 당한 다음이 문제입
니다. 그냥 멍하니 상황만 보고 있지는 않을 겁니다. 막이
터지면 상당한 양의 물이 쏟아져 나오게 될 테죠. 도주 경
로는 이쪽으로 잡으면 어떻겠습니까?"

"음… 아론, 자신 있나?"

"이 정도 스릴은 엄청난 재미죠, 후후."

내가 제안한 이동 경로는 바로 물길 옆을 지나가는 동선
이었다.

다시 말해서 블랙 오크들이 테노스와 아론을 쫓는 동안
막을 터뜨리면, 엄청난 양의 물이 쏟아져 나오면서 내려갈
코스였다.

나는 어지간한 수의 오크는 상대할 자신이 있었다.

오크 메이지도 까다롭긴 하지만, 내 목숨이 위협받을 정
도까지는 아니다. 수가 엄청나게 많은 편은 아니기 때문이
다.

이왕이면 오크들의 수를 줄여놓을 수 있는 만큼 줄여놔
야, 다음 루트로의 이동도 수월했다.

오크들이 오크 로드를 중심으로 한 지휘 체계가 정립되
어 있는 것은 사실이지만, 그렇다고 인간 마법사들처럼

통신석을 이용한 실시간 정보 전달까지 하는 건 아니었다.

사건이 벌어지면 오크 전사들 중에서 가장 발이 빠른 녀석이 가장 가까운 지역에 위치한 아군에게 소식을 전달하고, 같은 방식으로 소식이 상부로 올라가 로드에게 전달되는 구조다.

즉, 막을 터뜨리면서 대부분의 오크들을 수장시키고 살아남은 놈들을 내가 잘 처리하면 다른 지역의 오크들은 이곳에서 무슨 일이 벌어졌는지 알 수 없다는 것이다.

날씨 역시도 주변 상황을 파악하기에는 매우 어려운 날씨였다.

"그러면 런 앤 히트로 가고, 최종 집결지는 이곳으로 하죠. 위험지대이긴 하지만, 여기도 제가 통과하는 방법을 알고 있습니다."

"어떻게 가면 되지?"

"이곳은 특유의 환각성 연기로 인해서 보고 있는 시야가 교란되는 곳입니다. 제가 합류하는 즉시 바로 정면으로 조명탄을 쏠 겁니다. 주변을 보지 말고, 조명탄이 뻗어나가는 방향만 보면 됩니다. 그 방향으로 따라가는 길이 직선입니다. 보이는 시야에서는 빙글빙글 도는 것 같을지라도 말이죠."

"알겠다."

"그럼 출발하시죠, 단장님."

"후후후."

다들 긴장을 하면서도 한편으로는 기대가 가득한 눈치였다.

용병에게 있어 전투는 떼려야 뗄 수 없는 친구와도 같은 것.

상대는 마주해 본 적이 많지 않은 블랙 오크였고, 그래서인지 테노스와 아론은 약간 긴장한 듯한 모습도 보였다.

"갑시다!"

나의 선창과 함께 우리는 동굴을 나섰다.

날은 여전히 어두웠다.

시간대는 아침으로 접어들고 있었지만, 먹구름은 어제보다 더 두꺼워졌고 햇빛은 어제보다 더 줄어들었다.

그래서인지 아직도 새벽인가 싶을 정도로 시계(視界)가 짧았다.

          *   *   *

쏴아아아.

이제 빗줄기는 항상 곁에 두고 듣는 소리처럼 익숙했다. 비가 단 한 번도 그친 적이 없어, 오히려 이제는 빗소리가 들리지 않으면 이상할 것 같았다.

동굴을 나서기 전까지만 해도 뽀송뽀송했던 옷은 밖으로 나선지 단 1초 만에 그대로 물에 젖은 빨랫감처럼 변해 버렸다.

우리는 빗줄기를 가르며 조용히 이동했다.

그리고 블랙 오크들의 위치가 보이는 장소에 도착했을 때, 이동을 멈추고 주변을 살폈다.

크흐흐흐흐흑.

크륵.

장대비가 쏟아지는 와중에도 오크들은 막을 보강하기 위한 작업에 여념이 없었다.

다만 오랜 시간을 계속해서 같은 작업을 반복하며 피로가 누적된 탓인지, 잠시 휴식을 취하는 것으로 보이는 오크들은 대충 비를 피할 수 있을 만한 장소에서 꾸벅꾸벅 졸고 있는 모습이었다.

전반적으로 피로가 가득해 보였다.

오크 메이지들이 무어라 질책할 때마다 겨우 힘을 내서 움직이는 모습이었지만, 잔뜩 찌푸린 얼굴 속에는 불만이 가득했다.

오크들이라고 해서 무조건적으로 로드에게 충성하고 자기 자신을 희생해 가면서 헌신적으로 움직이는 것은 아니다.

오크들도 하나하나가 생각하고 판단하는 개체였고, 생김새를 제외하면 인간과 다른 부분은 다소 떨어지는 지능, 그것이 전부였다.

인간에 비해 다소 떨어진다 뿐이지, 사람들의 잘못된 인식처럼 본능만 따라 움직이지는 않았다.

"적당히 떡밥만 던져도 따라올 것 같군."

테노스는 전장에서 뼈가 굵은 용병답게 오크들의 모습을 읽어냈다.

짜증과 불만으로 가득한 상태일수록 외부의 자극에 더 쉽게 반응하고, 이성보다 감정이 앞서게 된다. 쉽게 말해 분풀이를 할 상대가 필요한 셈이다.

"레논, 그럼 거기에서 보자."

"단장님, 너무 무리하시면 안 됩니다. 유인도 좋지만, 물길에 휘말려 버리면 위험하니까요. 저기 보이는 저 파인 방향이 물길입니다. 저 안으로는 들어가시는 일이 없도록……."

"후후, 걱정하지 마라."

"레논, 간다."

"거기서 다시 만나죠. 성공합시다."

우리 셋은 빠르게 인사를 나누고는 흩어졌다. 나는 옆으로 난 샛길을 따라 움직였고, 아론과 테노스는 거리를 살짝 두며 아래쪽으로 향했다.

아주 가까운 곳에서 우리가 움직이고 있었지만, 오크들은 전혀 눈치채지 못하고 있었다.

그만큼 날씨의 짓궂음은 대단했고, 이제는 천둥번개까지 함께 내리치고 있었다.

"……."

샛길을 돌아온 나는 나무와 바위가 만들어 낸 어둠 속에 모습을 숨긴 채, 가죽을 겹겹이 쌓아 만들어놓은 막을 한눈에 내려다볼 수 있는 위치에 자리를 잡았다.

나는 수백 개의 가죽이 엉켜져서 만들어진 거대한 막보다는 양옆을 지탱하고 있는 기둥을 노리기로 했다. 어차피 기둥 한쪽만 무너져도 계속해서 위에서 밀려드는 수압을 견뎌낼 수가 없기 때문이다.

다만 껄끄러운 점이 하나 있다면 양쪽 기둥이 위치한 근처에 오크 메이지가 각각 한 마리씩 배치되어 있다는 점이었다.

그 위치가 가장 오크 일꾼들을 통제하기가 쉽고, 중요한 자리이기에 그런 것이리라.

"후아."

나도 모르게 한숨이 터져 나왔다.

이번 일이 잘 마무리된다면 과거처럼 스페디스 제국 남부가 온통 물바다가 되어 수많은 사람이 이재민이 되고, 급기야 도적 떼로 돌변하는 일은 생기지 않을 것이다.

하지만 이 계획이 수포로 돌아간다고 해서 오크들과의 미래가 달라질 것 같지는 않다.

오히려 예상보다 더 빨리 날카로운 발톱을 드러낼지도 모른다.

그래서 크리스티나를 통해 지원군을 요청한 것이다.

이게 진정 전쟁의 시작을 알리는 서막이라면… 직접 스페디스 제국의 최고 권력자가 그 현실을 체감할 수 있게 만들어야 했다.

가장 이상적인 전쟁의 시나리오는 전장이 모르고스 산맥 일대가 되는 것이다.

제국의 영토 안으로 전장이 이동할수록 많은 사람들의 삶이 무너지고 만다.

더 나아가 호시탐탐 반전의 기회를 노리는 자르가드의 먹잇감이 되기도 쉽다.

차라리 오크들의 터전인 이곳에서 전쟁이 벌어진다면, 적어도 제국 내에 거주하고 있는 사람들이 위험에 처할 일은 없는 것이다.

아직 카터의 상단도 완벽하게 자리를 잡은 것이 아니고, 나 역시도 아직 부족한 부분이 많았다. 아이거가 말한 대로 두 개의 조각도 필요했고, 카터가 구해올 만드라고라도 필요하다.

이것들을 전부 손에 넣은 뒤, 메디우스의 도움을 받는다면 9클래스에 진입할 수 있을 것이다.

그 다음이 드래곤들을 염두에 두고 싸울 수 있는 시점이다.

내가 수많은 전생의 기억을 가지고 있다고 하더라도, 6클래스의 힘으로는 드래곤을 상대로 단 1초도 버티지 못한다.

물론 도망만 다닌다면 조금은 더 살 수 있을지도 모르겠다.

하지만 아무리 개미가 빨리 달려간다 하더라도 인간의 발을 피할 수 없듯이 죽는 건 변하지 않는다. 지금의 차이는 그 정도에 가깝다.

그래도 오크들을 상대로는 문제없었다. 상대가 드래곤일 경우가 문제인 것이다.

조용히 숨을 죽인 채, 나는 테노스와 아론의 쇼타임

(Show Time)이 시작되기를 기다렸다.

그리고 저 멀리서 두 개의 점이 빠르게 접근하는 것이 보이기 시작했다.

"그와아아악!"

"침입자, 침입자다!"

아니나 다를까, 보초를 서고 있던 오크가 바로 테노스와 아론을 발견했다.

외부인이라고는 가끔 길을 잃은 약초꾼들이 오는 것이 전부였을 모르고스 산맥에 '침입자'라는 타이틀을 가질 만한 무장한 인간이 나타나자, 오크 보초는 평소보다 더욱 유난을 떨어댔다.

그러자 비를 맞는 가운데에도 곤한 잠에 빠져 있던 오크들이 신경질적인 표정을 지으며 자리에서 일어섰다.

그것은 보강 작업을 하고 있던 오크들도 마찬가지였고, 저마다 도끼나 검을 쥐어들며 자신들의 스트레스를 분출할 만한 먹잇감을 찾아 나섰다.

퍽!

꾸웩!

그때, 테노스가 날린 단검 하나가 감시탑에서 보초를 서고 있던 오크의 이마 한가운데에 명중했다.

쿠웅!

순식간에 불귀의 객이 되어버린 오크가 감시탑에서 떨어졌고, 입구에 자리를 잡은 테노스와 아론이 손가락을 까딱이며 오크들을 도발했다.

보통 이런 상황이면 다른 무언가가 있지 않을까 걱정이라도 해볼 법하지만, 계속된 노동에 스트레스가 최대치로 쌓인 오크들은 감정이 먼저 앞섰다.

"쫓아라!"

"덤벼라, 이 돼지 새끼들아!"

테노스의 호탕한 외침과 함께 교전이 시작됐다.

선두에서 앞뒤 안 가리고 달려들던 오크 둘이 바로 테노스의 창과 아론의 검에 숨이 끊어졌다. 코앞에서 동료가 피를 내뿜으며 쓰러지자, 블랙 오크들의 열이 더욱 올랐다.

오크 메이지들이 무어라 외치며 멀어져 가는 오크 전사들을 만류했지만, 스트레스의 분출구가 필요했던 녀석들은 테노스와 아론의 도발에 걸려들어 빠르게 작업장을 이탈하고 있었다.

"이제 내 차례군."

나는 조심스럽게 어둠 속에서 모습을 드러냈다.

그리고 블링크를 통해 최단 루트로 이동할 수 있는 거리를 잡았다.

마법 대 마법도, 결국에는 누가 기세 좋게 유리한 위치에서 선공을 하느냐의 차이다. 아직 오크 메이지들은 다른 침입자의 존재를 눈치채지 못하고 있었고, 나는 놈의 숨통을 한 방에 끊을 최적의 타이밍을 마지막으로 재고 있었다.

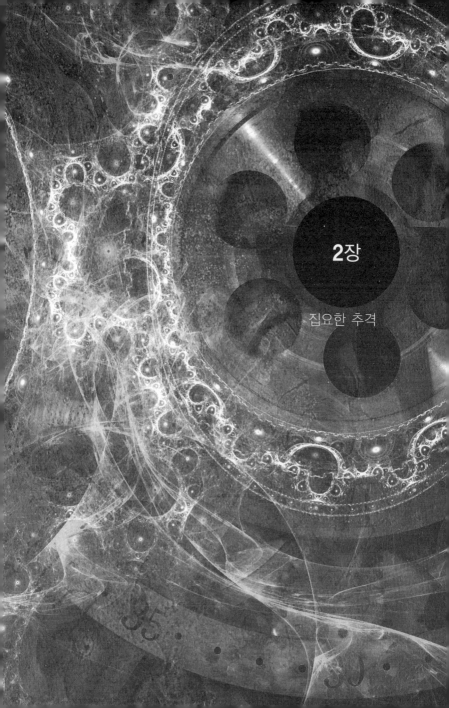

2장

집요한 추격

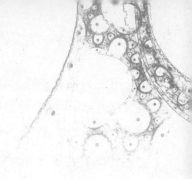

우르르, 쾅쾅!

천둥소리가 그야말로 귀가 찢어질 것처럼 터져 나왔다. 굵어진 빗줄기는 이제 아예 하늘에서 거대한 수도꼭지를 열고 물을 쏟아내듯, 거의 앞이 보이지 않을 정도로 떨어졌다.

파팟! 팟! 팟!

나는 망설임 없이 연이어 블링크를 전개했다.

중간의 딜레이 타임 없이 연속으로 블링크를 시전하게 되면, 제곱에 가까운 수치로 마나 소모량이 증가하지만 이 정도 거리를 좁히는 것을 걱정할 정도는 아니었다.

거리는 순식간에 좁혀졌다.

빗줄기와 천둥소리가 어우러져 만들어낸 소음은 나의 등장에 깜짝 놀라 터뜨린 오크 메이지의 바람 빠지는 콧소리를 묻어버렸다.

오크 전사들은 테노스와 아론의 뒤를 집요하게 쫓느라 정신이 없었고, 오크 메이지는 갑작스레 등장한 내 모습을 보고는 두 다리가 굳어버린 듯 움직일 생각조차 하지 못했다.

퍼엉!

나는 미련 없이 매직 미사일을 전개했다.

매직 미사일은 시전자의 클래스에 맞게 그 강도와 폭발력이 달라지는 마법이다. 1클래스 마법으로 가장 기초적인 마법이지만, 9클래스의 마법사도 기본 공격으로 즐겨 쓰는 마법인 셈이다.

"케헥!"

방비할 새도 없이 얼굴 한가운데에 매직 미사일을 정면으로 직격당한 오크 메이지가 뒤로 나가 떨어졌다.

그 순간, 반대편에 있던 오크 메이지와 나의 시선이 마주쳤다.

녀석이 성난 이빨을 드러내며 양손에 화염 구체를 만들

어내는 것이 눈에 보였다. 하지만 나는 알고 있다.

이 녀석이 섣불리 내 쪽으로 마법을 시전하기가 쉽지 않다는 사실을.

녀석은 간을 보고 있다.

그리고 코앞에서 매직 미사일을 정면으로 얻어맞은 오크 메이지는 충격으로 인해 어지러워진 정신을 되찾느라 혼란에 빠진 상태.

나는 바로 내 스스로에게 쉴드를 펼쳤다.

특히 양손에 두텁게 쉴드를 펼쳤는데, 이유는 간단했다. 양옆을 지탱하고 있는 단단한 기둥을 무너뜨리기 위해서다.

다양한 보강재들을 이용해 엄청난 수압을 견뎌내도록 설치된 기둥이었기 때문에, 툭 건드린다고 해서 무너지는 그런 것이 아니었다.

꾸욱!

화아아악!

나는 기둥의 한가운데를 붙잡은 뒤, 파이어 월을 캐스팅했다.

캐스팅된 상태로 이렇게 특정 부위에 접촉시켜 버리면, 손끝에서 계속 모이는 열기가 모이고 모여 엄청난 고온을 발생시키게 된다.

이 과정에서 내게 별도의 보호 마법을 걸어두지 않으면 당연히 펄펄 끓는 용광로에 손을 넣는 것처럼 순식간에 손이 녹아 없어져 버리고 만다.

하지만 쉴드를 걸어두면, 적어도 쉴드가 사라지기 전까지는 이 열기를 견뎌낼 수 있는 것이다.

물론 시간이 흐를수록 엄청난 양의 마나를 필요로 하기 때문에 장기간 지속할 수는 없지만, 내 마나라면 견딜 정도는 충분히 됐다.

"크아악, 안 된다!"

결국 참다못한 반대편의 오크 메이지가 가죽으로 만들어진 겹겹의 막 앞을 뚫고 달려오기 시작했다. 상황이 심각하게 흘러가는 점을 인지했기 때문이리라.

"흐음!"

나는 오른손에 좀 더 마나를 불어 넣었다.

기둥이 어느새 새빨갛게 변하고, 아이스크림처럼 녹아내리기 시작한다.

계속해서 내리는 비가 열기를 잡아먹고는 있지만 녹아내리는 속도는 더욱 빨라질 뿐이다.

끄으으으으으……

내가 녹이고 있는 기둥 쪽에서 기분 나쁜 쇳소리가 들려오기 시작한다. 그러면서 팽팽하게 유지되고 있던 양옆의

균형이 서서히 무너지며, 퍽퍽 하는 소리가 막 쪽에서 터져
나왔다.

쉬이이이이!

상황이 급변하기 시작하자, 오크 메이지가 참지 못하고
바로 내게로 마법을 전개했다.

그 순간 아주 음침하고도 어두운 마나의 기운이 느껴졌
다.

흑마법 중에서도 가장 사이하고 파괴적인 오크 메이지의
마법은 분명 강력했다.

캐스팅과 시전은 정확했다. 직선으로 날아드는 오크 메
이지의 흑마법은 다크 블러드라고 불리는 마법으로 일종의
강산성 액체와 유사한 기운을 타격하는 마법이었다.

피격되는 순간, 피격 범위와 시간에 비례해서 화상을 입
게 되는데 빠르게 치유 마법이나 정화 마법을 전개하지 않
으면, 눈 깜짝할 사이에 피부를 뚫고 심지어 뼈까지 녹여
버리는 그런 마법인 것이다.

보통의 마법사들이라면 잘 모르는 마법이지만, 내게는
그다지 생소한 마법은 아니었다.

나는 오크 메이지의 때아닌 도움(?)을 빠르게 활용하기로
했다.

지이이잉!

순식간에 자유로운 내 왼손의 끝에서 형성된 것은 마나 건틀릿이었다.

말 그대로 마나로 형성시킨 건틀릿인데 역할은 쉴드와 유사하지만, 둘러싸는 형태로 보호만 하는 쉴드와 달리 건틀릿은 그 외형이 유지되는 동안 물리력을 행사할 수가 있었다.

뻐엉!

"키이익!"

내게 날아들던 오크 메이지의 다크 블러드가 마나 건틀릿에 의해 옆면을 타격 받자, 경로가 직각으로 꺾였다. 그 순간 오크 메이지의 표정이 기겁하듯 변했다. 자신도 모르게 탄성까지 내지르는 모습이었다.

끼긱! 끼긱!

다크 블러드에 직격으로 녹아들어 가던 중심을 얻어맞은 기둥이 더욱 휘청거렸다.

나는 어느새 얇아진 기둥에 계속해서 파이어 월의 기운을 불어넣었고, 다시금 마나를 끌어올려 쉴드의 양을 유지했다.

"케헥……."

매직 미사일에 얼굴을 얻어맞은 녀석은 여전히 인사불성이었다.

몸을 일으키려 해도 계속 어지러운지 고개를 뒤로 젖히고는 몸을 바둥거리기만 했다.

마나 건틀릿으로 인해 오히려 기둥의 붕괴가 가속되기 시작하자, 반대편에서 날 공격했던 오크 메이지도 진퇴양난에 빠진 듯 어떻게 하지 못했다.

하지만 그 와중에도 시간은 흐르고 있고, 이미 기둥의 상황은 돌이킬 수 없는 시점에 이르러 있었다.

"주, 죽어버려!"

결국 오크 메이지가 내게로 돌진해 오기 시작했다.

이곳이 무너지게 되면 녀석도 책임에서 무사하지는 못할 터.

이래 죽으나 저래 죽으나 마찬가지이니, 차라리 나라도 잡아서 어떻게 해볼 심산이었던 것 같았다.

그러나 녀석의 운명은 앞서 매직 미사일을 맞고 쓰러진 녀석보다 더 좋지 못했다.

끼기긱, 끼긱, 기긱!

부우욱, 부욱! 부우욱! 쏴아아아아!

"끄와아악!"

중심이 얇아지면서 지지력이 급격하게 감소한 기둥은 계속해서 내린 비로 쌓이고 쌓여 한계치에 이른 수압을 당연히 버텨내지 못했다.

결국 가죽으로 얽히고설켜 만들어진 거대한 막의 여기저기가 터지며, 오른쪽 기둥이 완전하게 무너졌다. 그러자 작은 지류가 통과하는 골짜기 전체를 가득 메우고 있던 물이 순식간에 쏟아져 나오면서, 엄청난 양의 물 폭탄이 그대로 물길을 따라 내려갔다.

파팟.

"후아."

순간적으로 블링크를 시전하며, 아슬아슬하게 현장을 빠져나온 나는 약 3m 정도의 거리를 두고 맹렬하게 하류로 돌진하고 있는 거대한 물보라를 볼 수 있었다.

이미 오크 메이지 하나는 격류에 갇혀 보이지도 않았고, 매직 미사일에 정신을 잃었던 오크는 물살에 휘말린 채 둥둥 떠내려가고 있는 모습이었다.

"헤이스트."

목적은 달성했다.

여기서 시간을 끌 필요가 없었다.

나는 바로 접선 포인트로 이동하기 위해, 물길 옆을 따라 신속하게 이동하기 시작했다.

이대로 물길을 따라 가다보면 만나기로 한 지점에 도착할 수 있을 터다.

꾸웨에엑! 꿰에에에엑!

그리 먼 거리를 이동하지 않았음에도, 벌써부터 물에 휩쓸려 떠내려가는 오크들의 비명 소리가 들려왔다.

물살은 강력했다. 몇몇 오크들이 떠내려가는 와중에도 옆에 보이는 나뭇가지나 쓰러진 나무 기둥이라도 붙잡고 어떻게든 살기 위해 애를 썼지만, 몇 날을 가둬져 있던 물이 한 번에 쏟아져 나오며 만들어내는 힘은 엄청났다.

나는 혹시나 아론과 테노스가 저 물살에 휘말린 것은 아닐까 걱정이 됐다.

어떤 정해진 타이밍을 잡고, 약속된 시간에 터뜨린 것이 아니었기 때문이다.

하지만 걱정은 그저 기우에 불과했다.

멀지 않은 거리에서 전투를 벌이고 있는 두 사람의 모습이 바로 눈에 들어왔기 때문이다. 테노스와 아론은 물살에 휘말리지 않고 빠져나온 블랙 오크들을 상대하고 있었다.

수중전.

이미 다양한 환경에서 전투를 치르며 뼈가 굵은 두 사람을 오크들은 쉽사리 상대하지 못했다. 테노스와 아론이 매서운 공격을 퍼부으며 점점 뒤로 밀어내자, 어느덧 격류가 흐르는 골짜기까지 밀려났다.

앞에는 매서운 창과 칼, 뒤로는 거센 격류. 진퇴양난의 상황에 빠진 오크들은 안간힘을 다해 싸우다가 매서운 칼날에 숨이 끊어지거나, 물귀신이 될 뿐이었다.

연이어 내가 전장에 합류하자 그나마 해볼 만하다는 생각으로 덤벼드는 듯했던 오크들이 여기저기서 무너지며, 결국 모두 죽고 말았다.

쿠아아아아아아아!

격류가 만들어내는 소리는 엄청났다.

오크들이 발버둥 치며 살려 달라 애원하는 소리가 떠나가라 들렸지만, 설령 구할 마음이 있다고 하더라도 이젠 그럴 수 없는 상황이 되어버렸다.

"후아, 불과 며칠 사이에 모은 물의 양이 이 정도고… 이 정도 양의 물이 여러 경로로 들어올 것을 생각하면 정말 끔찍하군."

"지금 이 정도로도 피해가 분명 있을 겁니다. 그 점은 어쩔 수 없는 부분이겠죠."

나는 냉정히 상황을 짚어주었다.

테노스와 아론도 그 점은 어쩔 수 없다는 듯, 고개를 끄덕였다. 지금으로서 이미 진행된 일에 대해서는 어쩔 수 없다. 더 큰 피해가 되기 전에 막는 것이 최우선일 뿐이다.

"생존자는 없는 것 같다. 아론이 유인을 적절히 한 덕분에 전부 물길에 휩쓸렸어. 오크 메이지는?"

"같이 휩쓸려 내려갔습니다. 아마 제국 남부의 어느 영지에서 수백의 오크들이 시신으로 발견되겠죠. 잠깐."

파앗!

바로 그때.

나는 옆으로 보이는 비탈길 위에서 느껴지는 수상한 기척에 바로 블링크를 전개했다.

히익!

그러자 기척의 존재가 모습을 드러냈다. 살아남은 블랙 오크였다.

물에 빠진 생쥐 꼴이 된 녀석은 나와 눈이 마주치자마자 몸을 부르르 떨며, 탄성을 내질렀다.

빠직!

하지만 그것도 잠시, 머리를 정면으로 강타한 라이트닝 스트라이크에 겨우겨우 살아남은 목숨도 끊어지고 말았다.

"바로 이동하죠. 서둘러야 그만큼 피해가 줄어듭니다. 여기에 주둔하고 있던 오크들은 전부 물귀신이 되었으니, 소식이 알려지기까지는 시간이 있을 겁니다."

나는 감지의 범위를 최대한 넓혀, 빗속에서 느껴지는 블랙 오크 특유의 기운이 있는지 살폈지만 없었다. 이동 경로는 제한적이었고, 우리가 발을 딛고 서 있는 지역을 제외하면 온통 물바다가 되어버렸기 때문이다.

"후아, 바쁜 일과의 시작이구만. 이미 의뢰는 물 건너갔군. 남는 장사는 아닐 거야, 레논. 후후."

"글쎄요? 꼭 그렇지만은 않을 겁니다. 지금 우리가 하고 있는 일이 보통 일은 아니지 않습니까?"

"후후, 나라님들이 알아주겠나?"

"자자, 서둘러 가죠!"

전투 직후의 막간의 여유.

긴장을 풀기 위해 테노스와 농을 주고받은 나와 아론은 다시 발걸음을 재촉했다.

아직도 언제 터질지 모르는 폭탄이 되어 기다리고 있는 곳은 많았다.

*　　　*　　　*

안전하게 돌아갈 수 있는 길들은 많았지만, 내부 지형을 잘 알고 있는 나는 지름길이 될 만한 루트를 찾아 빠르게 이동했다.

그중에서 가장 위험한 길은 바로 절벽 옆으로 난 깎아지른 잔도를 지나갈 때의 일이었다.

다른 지름길 루트처럼 어떤 유독성 함정이 있다거나, 환청이나 환각 현상이 일어난다거나, 늪지 같은 것은 아니었다.

하지만 잔도의 폭이 워낙에 좁아서 발 두 개를 합쳐 놓은 정도가 잔도의 넓이 전부였다.

이렇게 좁은 길을 250m 정도 가야 통과할 수 있었는데, 문제는 잔도가 고지대에 있는데다가 비까지 내리고 있다 보니 이동하기가 여간 수월치 않다는 점이었다.

실제로 잔도 아래에는 이미 오래전에 목숨을 잃은 수많은 시체가 즐비하게 널려 있었다.

이미 백골이 되어 분간하긴 힘들었지만, 오크들의 것도 있었고 여기까지 깊숙하게 들어왔던 것으로 보이는 약초꾼들의 것도 있었다.

"이 길이 최선이겠지?"

전장에서 용맹하게 검을 휘두르는 아론에게도 약점은 있었다.

바로 고소공포증이었다.

세찬 비바람이 쉴 새 없이 몸을 내려치는 가운데, 아래로는 깎아지른 낭떠러지가 보이니 얼굴이 새하얗게 질린 모습이었다.

"이 길로 가면 250m로 갈 거리를 돌아가면 10배가 곱해

집니다. 제가 최대한의 안전장치를 하겠습니다. 조심히 뒤만 따라오시면 됩니다."

나는 우선 광범위하게 쉴드 마법을 펼쳤다.

나와 테노스, 아론까지 모두 포용할 수 있는 넓은 반구 형태의 쉴드였다.

덕분에 세차게 내려치던 비바람이 쉴드에 막혀 사방으로 비산하고, 이내 쉴드 안에 위치한 우리 세 사람에게는 조용한 적막이 찾아들었다.

동시에 나는 내가 앞장서서 밟고 나가는 지면을 클린 마법으로 빠르게 건조시켰다.

쉴드를 유지하는 상태에서 클린 마법을 시전하는 것은 순간적으로 많은 마나를 소진하게 만드는 것이었지만, 충분히 버틸 만했다.

마법의 효과는 확실했다.

마치 바람 한 점 불지 않는 길을 지나는 것처럼 안정감이 느껴졌다. 쉴드 밖에서는 여전히 굵직한 빗줄기와 매서운 바람이 불고 있었지만, 적어도 이 안은 조용하고 안락했다.

나는 만약을 대비해 계속해서 뒤를 살피며, 혹시나 테노스나 아론이 발을 헛딛거나 하지는 않을지 확인했다. 만약 잘못된 상황이 벌어지게 되면, 바로 플라이 마법을 시전해서 따라 붙을 생각이었다.

이 정도 높이면 떨어졌을 때 살아남기 힘든 높이지만, 플라이 마법을 이용해 조금만 떨어지는 힘을 잡아주면 큰 부상 없이 지면에 안착할 수 있는 높이이기도 했다.

"살다가 내가 이런 곳을 지나가게 될… 아으으으!"

"하하하하하, 아론. 약해 빠졌구만."

"아니, 단장님. 이건 약하고 아니고의 문제가 아니라, 그저 높은 데를 싫어할 뿐이잖습니까?"

"겁쟁이와는 말 섞기 싫다. 자아, 서둘러 가보자!"

"다, 단장님!"

아론은 그 와중에도 혹시나 자신이 발을 헛딛을까 노심초사하며 계속 아래만 보고 걷고 있었다. 잔도 위에 제대로 발을 두고 있다는 것이 안 보이면 한 걸음도 걸어가지 못할 것 같은 눈치였다.

하지만 잔도를 쳐다보려면 자연스럽게 잔도 아래의 절벽을 볼 수밖에 없고, 그러다 보니 아론의 표정은 그야말로 죽을 맛이었다.

통과는 신속하게 이루어졌다.

쉴드와 클린 마법이 신의 한수였다.

이런 제반 작업을 하면서 이동하려면 최소한 6클래스의 마법사가 대동해야만 한다. 쉬운 일은 아닌 것이다.

그렇게 무사히 잔도를 통과하고 난 뒤.

아론은 등 뒤를 돌아보며 말했다.

"나갈 때는 안전한 다른 곳으로 나가자. 두 번은 못 가겠다."

＊　　　＊　　　＊

그 이후, 블랙 오크들과 우리 사이의 치열한 숨바꼭질 놀이가 계속됐다.

모르고스 산맥 안으로 들어갈수록 더 많은 오크 전사들과 오크 메이지와 부딪혔다.

초반은 승승장구였다.

다른 지역의 소식을 듣지 못했는지, 오크들의 방비 상태는 생각보다 허술했고 같은 작전으로 빠르게 수행해 나갔다.

여기저기서 물 폭탄이 터졌고, 이에 휩쓸린 오크들이 그대로 수장됐다.

우리가 첫 번째로 벽에 부딪힌 것은 여섯 번째 지점을 공략하던 시점이었다. 여기서부터 오크들이 기민하게 움직이기 시작했다.

최대한 현장에 있던 오크들을 죽인다고 하더라도 결국

놓치는 녀석이 나올 수밖에 없었고, 보고가 상부에 들어가게 된 것이다.

여기서부터 전세가 바뀌기 시작했다.

여섯 번째 지점을 공략할 때는 어느새 증원된 오크들이 모든 길목을 물 샐 틈 없이 지키고 있었고, 오크 메이지도 대거 증원되어 까다로운 방어선이 형성됐다.

나와 아론, 테노스가 일당백이 가능한 힘이 있다고 하더라도 작정하고 수성에 돌입한 오크들을 뚫는 것은 어려웠다.

하지만 모든 지역이 철통 방어인 것은 아니었다.

이미 만반의 준비가 갖춰진 곳은 피하고, 다음 장소를 찾아 나섰다.

모르고스 산맥 안을 이동하는 것은 아무것도 모르는 이방인들에게는 매우 위험한 행동이지만, 내게는 어렵지 않은 일이었다.

블랙 오크들도 모르고스 산맥 곳곳에 산재해 있는 위험 지역에 대해 잘 알고 있기 때문인지, 뒤를 추격하다가도 어느 지점에 다다르면 더 이상 쫓아오지 않았다.

집요하게 괴롭혔다.

방비가 허술한 곳을 찾으면, 어떻게든 공략해서 오크들의 계획을 무산시켰다.

중간에 아주 잠깐, 깊은 허기를 달래기 위해 준비해 온 비상식량을 먹을 때를 제외하고는 쉬지 않고 달린 강행군이었다.

　그리고 해가 지고 어둠이 찾아왔을 때.

　우리는 크리스티나와 헤어지고 산맥 안쪽으로 이동했던 그 지점에서 한참이나 멀리 떨어진 곳의 어느 동굴 안에 자리하고 있었다.

＊　　　＊　　　＊

　드르렁, 푸우우.

　드르렁, 푸우우.

　동굴 안은 곤한 잠에 빠진 아론의 코고는 소리와 동굴 한쪽 벽에 기댄 채, 조용히 눈만 감고 있는 테노스가 있었다.

　이미 녹초가 된 두 사람은 따뜻하게 불을 살짝 피워두고, 그 훈기가 온몸으로 전해지자 쏟아지는 잠을 이겨내지 못하고 잠들었다.

　확실히 강행군이었다.

　수시로 힐(Heal)을 시전하며 피로감을 씻어내고, 과도한 마나의 사용으로 몸에 걸린 과부하를 덜어내려 했지만 몸이 한계치에 다다른 듯, 쉬이 말을 듣지 않았다.

사실 오늘의 행보를 되돌아보면, 내가 할 수 있는 최대한을 이끌어내 움직인 발걸음이었다.

적재적소에 필요한 양의 마나만 사용하며 가장 최적화된 마법을 전개해 온 내가 이 정도의 피로감을 느낄 정도라면, 거의 극한에 다다를 정도로 몸이 계속해서 긴장 상태를 유지하고 있었다는 이야기다.

오늘은 그래야만 하는 날이었다.

그리고 가시적인 성과도 있었다.

열다섯 개 정도로 예상되는 오크들의 구조물 중에서 일곱 개를 완파시켰고, 두 개는 반파되었다.

그리고 하나는 진행 상태가 더뎌 이뤄진 게 없었으므로, 현지의 오크들을 제거하고 빠져나오는 것으로 일을 매듭지었다.

남은 곳은 다섯 개.

여전히 위협적이긴 하지만, 앞서 예상됐던 열다섯 개의 수막들이 한 번에 터져 나오면서 생길 물 폭탄을 생각하면 이제는 감당 가능한 수치까지 내려온 셈이다.

급한 불은 껐다.

말 그대로 정말 급한 불만 끈 상황이다.

이번 일은 블랙 오크가 인간들을 노리고 계획한 전쟁의 시나리오 중 하나에 불과할 뿐이다.

이번 일이 무산됐다고 해서 벌어질 전쟁이 벌어지지 않는 것은 아닐 것이다.

게다가 그 소식이 당연히 오크 로드 게우게스의 귀에 들어간 만큼, 어쩌면 지금 이 시점에 이미 다섯 개의 수막들을 모두 철거하고 엄청난 양의 물을 그대로 지류 아래로 흘려보냈을지도 모른다.

"이미 시작됐지. 이미⋯⋯."

똑같은 생각이 반복해서 들다 보니, 나도 모르게 혼잣말이 새어 나왔다.

이미 시작된 전쟁이었다.

이제는 얼마나 현명하게 전쟁을 지연시키면서 반격을 노리고, 그 사이에 내가 더 강해질 수 있는 방법을 찾는 것이 중요하다.

가장 가까이 있는 것은 게우게스가 가지고 있을 아이거의 조각 중 하나지만, 지금의 내 힘으로는 온전히 획득할 수 있을지 장담할 수 없었다.

6클래스는 그래서 애매했다.

8클래스와 9클래스 사이에 엄청난 시간과 마법적 깊이의 차이가 있는 만큼, 6클래스와 7클래스 사이에도 상당한 간극이 있었다.

차라리 7클래스와 8클래스 차이에는 오히려 그 간극이 짧았다.

물론 마법사들에게는 6클래스도 꿈의 경지이고, 동경하는 경지이기는 하다.

하지만 내게는 아니다.

그저 거쳐 가는 과정 중 하나일 뿐이다.

더욱이 과거의 수많은 경험과 기억을 가지고 있는 나라면, 더더욱 그럴 수밖에 없다.

"지금쯤 소식이 닿았겠군. 최상의 시나리오는 제국의 남부군 전체가 움직이는 그림이지만……."

나도 모르게 말끝이 흐려지게 된다.

기대가 되지는 않는다. 크리스티나를 통해 전달한 테노스의 상황 보고가 과연 케플린 공작에게 얼마나 심각하게 받아들여질지도 문제였지만, 아직까지는 '터지지 않은' 이 전쟁을 체감이나 할지가 문제였다.

이미 방비가 대부분 끝난 오크들의 남은 구역을 우리 셋으로 공략하는 것은 이제 힘들어졌다. 남은 것은 동이 트고 나면, 크리스티나와 헤어졌던 모르고스 산맥의 초입 언저리로 빠져나가는 일이었다.

사실은 오늘보다 내일이 더 걱정이었다.

독기가 오른 오크들이 모르고스 산맥 여기저기서 침입자의 흔적을 찾고 있을 것이고, 우리는 어쨌든 이동 경로의 중간중간에서 오크들을 마주할 수밖에 없을 터다.

내일이 고비였다.

*　　　*　　　*

새벽 동안에 잠시 비가 그쳤다.

마치 약속이라도 한 것처럼 뚝 끊긴 비는 자정을 넘어 새벽 다섯 시 정도가 될 무렵까지 한 차례도 내리지 않았다. 보슬비조차도 없었다.

덕분에 나도 잠깐이었지만 깊은 잠에 빠진 채로 휴식을 취했다. 온몸의 피로를 말끔히 씻어내는 숙면이었다.

구르르르릉!

쏴아아아아.

"날씨하고는……."

하지만 눈을 뜨자마자 마치 기다리고 있었다는 듯이 다시 장대비가 쏟아지기 시작했다. 아주 잠깐, 비구름이 없는 시간이었던 모양이었다.

하늘은 온통 먹구름으로 다시 가득했고, 시간은 흘렀지만 주변은 오히려 더욱 어두워졌다.

"이 망할 놈의 비… 당분간은 정말 비만 봐도 몸서리가 쳐질 것 같군."

잠에서 깬 아론이 동굴 밖을 수놓고 있는 수많은 빗줄기를 보며 투덜거렸다.

동굴 벽에 기댄 채로 잠이 들었던 테노스는 그 상태로 조용히 눈만 떴다.

마치 명상에 잠겨 있다가 눈을 뜬 것처럼 자연스러운 기상이었다.

"출발할까? 이제는 어떻게 빠져나가느냐의 문제겠군. 레논, 부탁한다. 전투는 몰라도 길은 네가 가장 빠르게 찾을 수 있을 테니까."

"걱정 마십시오, 단장님."

"아우, 기지개는 좀 켭시다! 아우우우!"

아론이 포효하듯 괴성을 내지르며 자리에서 일어섰다.

그렇게 세 사람의 준비가 끝나고, 우리는 바로 동굴 밖으로 나서기 위해 이동하기 시작했다.

크르르륵!

크륵!

한데 바로 그때.

동굴 바로 옆.

30m도 채 떨어지지 않은 곳에서 기분 나쁜 바람 빠지는

소리가 들려왔다.

바로 블랙 오크의 목소리였다.

"……"

순간 시선을 돌린 우리는 동굴 옆쪽의 작은 샛길을 타고 들어오는 한 무리의 오크들을 볼 수 있었다. 중무장을 한 오크 전사들과 특이한 분장을 한 오크 메이지로 이루어진 정예 부대였다.

3장

나쁜 소식, 좋은 소식

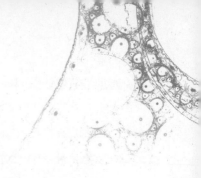

　반사적으로 몸을 뒤로 붙인 덕분에 놈들의 눈에 띄지는 않았다. 예민한 후각도 쏟아지는 비 때문에 제 능력을 발휘하지 못하는 모양이었다.

　다행히 녀석들의 방향은 우리가 머물고 있던 동굴 방향이 아닌 반대 방향이었다. 만약 저들이 조금이라도 이상한 낌새를 느꼈거나, 옆으로 틀어 한 블록만 왔어도 우리가 머물던 동굴을 발견했을 것이다.

　괜한 소요를 만들지 않기 위해 우리는 한참을 조용히 오크들의 행렬이 지나가기를 기다렸다. 전사들로 이루어진 선발대가 한참을 지나가고, 그 사이에 오크 메이지 부대가 앞뒤로 전사들의 호위를 받으며 이동했다.

그리고 이어서 또다시 전사들이 뒤를 따랐는데, 이들은 선발대로 이동하던 오크 전사들과는 달리 다소 약해 보이거나 무장 상태가 좋지 않아 보였다.

수가 적당히만 됐어도 게릴라전, 아니, 치고 빠지기도 생각해 봤겠지만 이번에는 달랐다. 수천 단위였다. 한참을 기다리고 나서야 행렬의 끝이 보였을 정도였다.

"하아… 오히려 이번 작전이 마음도 없던 블랙 오크들을 자극한 것은 아닐까?"

"그럴 거였으면 애초에 보를 설치하지도 않았을 겁니다. 어차피 벌어지게 될 일이었습니다. 그 와중에 큰 피해를 막았다는 게 더 중요한 일이죠."

나는 오크들의 대규모 이동 행렬을 보고 표정이 흙빛으로 변한 아론을 달랬다. 테노스도 직접 놈들의 군대를 두 눈으로 확인하니, 적잖이 당황한 눈치였다.

전장에서 잔뼈가 굵은 용병인 두 사람이지만, 오크들은 기록으로 대부분을 접한 존재들이었다. 이렇게 오크들이 체계화된 군대를 이끌고 이동하며, 자신들의 뒤를 쫓고 있다는 사실이 신기하면서도 한편으로는 걱정이 되는 눈빛이었다.

"차라리 잘됐습니다. 이건 좋은 소식이라고 봐야죠. 전쟁이 시작되고 나서 그 위험성을 아는 건 늦습니다. 그땐 이미 많은 사람이 희생되고 난 후입니다."

"돌이킬 수 없는 강을 건넜군. 블랙 오크들은."

"우리가 인지하고 있지 못했을 뿐입니다. 이번에 모르고스 산맥을 올 일이 없었다면, 아마 제국 남부의 사람들은 어느 날 잠을 자다가 그대로 물귀신이 되어 죽었을 겁니다. 누가, 어떻게, 어떤 방식으로 이런 물난리를 만들었는지도 모른 채로요. 그러니 좋은 소식이라고 생각해야죠."

"하아……."

"빠르게 빠져나가죠. 여기서 더 머물고, 더 싸우는 것은 불가능합니다."

나는 한숨을 내쉬는 아론을 독려했다.

내가 7클래스 혹은 8클래스급의 마법사였더라면, 그리고 옆에 있는 두 사람이 마스터급의 검사였다면 셋으로도 충분히 한바탕 일전을 벌일 만했을 것이다.

하지만 아직 아론은 익스퍼트 하급에서 중급으로의 진입을 노리고 있는 검사였고, 테노스는 익스퍼트 상급의 실력자이긴 했지만 오러 블레이드에 대해서는 이제 막 걸음마를 떼고 있는 상황이었다.

익스퍼트 상급과 마스터 하급은 그 '급'만 놓고 보면 한 단계 차이지만, 검사 혹은 기사에게 있어 정점이라 할 수 있는 오러 블레이드를 구사할 수 있느냐 없느냐의 차이로 정말 '엄청난' 차이가 있었다.

마법사로 따지면 8클래스와 9클래스의 간극 그 이상이었다.

테노스가 만약 오러 블레이드까지 구사할 수 있는 사람이었다면, 진작 제국 내에서 요직을 차지하고 있었을 것이다. 테노스가 봉이나 창을 즐겨 쓰긴 했지만, 기본 베이스는 검술을 토대로 하고 있었기 때문에 여전히 가능성이 많은 것도 사실이었다.

─재밌게 흘러가는군.

아이거는 짤막한 말로 이 심각한 상황에 맛을 더했다. 아이거에게는 그저 이 심각한 상황들이 제3자의 입장에서 마치 드라나마 영화 속의 한 장면을 지켜보듯, 재미있는 광경일 테니까.

이내 다시 적막이 찾아들고, 우리는 왔던 길을 되돌아 나가되 오크들의 이동 경로로 예상되는 지점은 피할 수 있도록 살짝 우회하는 경로를 택했다.

지금 '까지의' 전투는 해볼 만했어도, 지금 '부터'의 전투는 피해야 했다. 영화 속의 한 장면처럼 셋이서 수천수만이나 되는 적들 사이를 누비고 다니는 일은… 아직까진 요원

한 일이었다.

＊　　　＊　　　＊

"큰일 날 뻔했네. 단장님, 저길 보세요. 레논, 저쪽 봐
봐."

동굴을 빠져나와 모르고스 산맥을 오르며 우회로를 통해
내려가기 위한 고점을 잡았을 무렵. 뒤를 돌아보던 아론이
우리가 있었던 장소를 가리켰다.

그러자 다른 지점의 탐색을 끝내고 왔는지, 오크 군대의
대규모 행렬이 속속 그 포인트로 집결하고 있었다. 선발대
로 도착한 오크 전사들은 우리가 머물렀던 동굴도 샅샅이
수색을 하더니, 무어라 외치며 주변을 더 자세히 수색했다.

마음 같아서는 헤이스트를 이용해 좀 더 신속하게 이동
하고 싶었지만, 문제는 두 사람이었다. 이래서 마법사와 검
사의 조합은 전투에는 환상적이어도 이동에서는 문제점이
많았다.

굳이 비유를 하자면 도보로 이동하는 보병과 말로 이동
하는 기마병의 차이랄까. 기마병 입장에선 달려 나갈 여지
가 충분한데, 보병과 속도를 맞춰야 하니 말도 함께 걸을
수밖에 없는 이치다.

마법사 품귀 현상이 심각한 대다수 용병단의 특성상, 이렇게 나 같은 마법사와 손을 맞춰 볼 일은 손에 꼽을 정도로 적었다. 그래서 아론이나 테노스는 이런 도보 이동이 자연스러웠지만, 나로서는 조금 답답한 부분도 있었다.

어쨌든 이동은 계속됐다.

중간에 몇몇 위험 지대가 있었지만, 남아 있는 전생의 기억들은 실수가 없도록 안전하게 만들어 주었다. 한편으론 그런 생각도 들었다. 내게 이 과거의 삶들이 없었다면, 얼마나 제한적이고 부족한 지식으로 살아왔을지.

주변을 샅샅이 뒤지고 있는 오크 군대들은 점점 시야에서 멀어져 갔다. 처음에는 작은 점으로나마 움직임을 파악할 수 있는 위치에서 보였지만, 이제는 기척조차 느껴지지 않았다.

그리고 날이 어두워질 무렵. 쉬지 않고 계속해서 이동한 우리는 모르고스 산맥 초입으로 향하는 산 하나를 남겨둔 장소까지 이동할 수 있었다.

속도를 더욱 높여 어두운 와중에도 산을 넘은 우리는 드디어 기다렸던 사람을 만날 수 있었다. 크리스티나가 도착해 있었던 것이다.

*　　　*　　　*

접선 지점에는 크리스티나가 와 있었다.

빗물 냄새와 함께 그녀 특유의 땀 냄새가 물씬 풍기는 것이 소식을 전하기 위해, 쉬지 않고 달려왔을 노력이 느껴졌다.

"전쟁을 미리 알아차린 것이 좋은 소식이라면, 지금 크리스티나 혼자와 대면하고 있는 것은 나쁜 소식이겠군요."

좋은 소식과 나쁜 소식.

나는 이 자리에 그녀와 동반에서 함께 달려온 사람이 아무도 없고, 크리스티나 혼자만 있다는 사실만으로도 이미 나쁜 소식이라 생각했다.

"이야기는 확실하게 했어요. 케플린 공작에게 앞뒤 상황도 전부 보고했고, 어떻게 상황이 흘러가고 있는지도 알렸어요. 그 와중에 남부 지방 일부에서 수위가 급격히 상승하기 시작했고, 하천 일대가 범람하면서 피해를 본 마을이 있다는 소식도 들었어요. 생각보다 크지는 않았지만, 피해를 아예 안 본 것은 또 아니었어요."

"지원은?"

테노스가 짧게 물었다.

중요한 것은 지원군의 유무였다. 전쟁의 위험을 감지했다면, 그리고 케플린 공작이 현재 스페디스 제국에서 최고의 실권자라면. 그의 입김으로 군대를 움직이는 것은 일도 아니었기 때문이다.

"아카데미 소속의 전투 마법사 50명과 남부 각지에서 급히 소집된 1천 명의 병력이 모르고스 산맥 초입에 집결해 있어요. 우선은 추이를 살펴보자고 하던데, 그 이상은 시기상조라면서… 죄송해요. 모든 상황을 말하고 어필해 봤지만 정작 필요한 즉각적인 도움은 이게 전부였어요. 나머지는 추가 협의 이후에 보내준다고 하는데……."

"중앙군의 수가 적고, 귀족들의 사병이 많으니. 중앙군을 보내자니 그러면 수도를 경비할 병력이 사라지고, 귀족들의 병력을 보내자니 사비를 출연해야 하니 망설이는 거겠지. 예상은 했지만……."

일이 너무 잘 풀린다 싶었다.

상황이 자연스럽게 잘 흘러갔고, 오크들의 계획을 눈치챈 것까지도 아주 좋았다. 그리고 위험을 무릅쓰고 종횡무진 누비며, 계획의 대부분을 수포로 만드는 데에도 성공했다.

이것이 불과 나, 테노스, 아론 셋이서 해낸 일이었다. 잘 풀려도 이렇게 잘 풀릴 수가 없는 것이다. 하지만 불안했던 예상은 곧 현실이 되었고, 지금 산맥 초입을 지키고 있는 것은 오크들의 군대를 상대로 1시간은 견뎌낼 수 있을까 말까 한 전력이 고작이었다.

만약 오크들이 독한 마음을 품고 산맥을 넘어 대규모의 군대를 파견했다면, 남부는 이미 초토화가 됐을 것이다. 그나마 다행이라면 이번 일을 일으킨 원흉을 찾기 위해 오크들의 군대가 산맥 내에서 다소 시간을 낭비하고 있다는 것. 그뿐이었다.

바로 전면전을 기대했던 것은 아니었다.

보고가 올라가자마자 마치 기다렸다는 듯이 전력을 편성해서 전쟁 준비를 한다는 것도 말이 되지는 않는다. 하지만 지금 파견한 전력은 대비 개념이라 하기에도 민망할 정도로 수가 터무니없이 적었다.

최소한 위험에 대한 인지를 확실하게 했다면, 아카데미에 소속된 1~3클래스 사이의 전투 마법사들이 아니라 그 이상의 상급 마법사들을 보냈어야 한다. 이건 생색내기라고 하기에도 적었다.

"우선은 우리도 빠져나가는 게 좋을 것 같습니다. 이제는 산맥 안에서 오래 머물수록 죽을 확률이 올라갈 테니까요. 이제 우리 선에서 할 수 있는 일은 끝났습니다."

나는 냉정하게 상황을 판단했다.

예상은 했지만, 그래도 일말의 기대를 했던 것은 사실이었다. 하지만 이렇게 된 이상 중앙정부의 대처가 발 빠르기를 기대하는 것은 어불성설일 것 같았다.

설령 케플린을 위시한 세력가, 귀족들이 이에 이야기를 듣고 대책 마련에 들어간다고 해도 그 사이에 시간이 또 소요될 것이다. 자연적으로 일이 해결되기를 기다린다면, 아마 남부 지방에서 전쟁이 시작되고 대부분이 초토화되고 난 다음에라야 병력이 움직이기 시작할 터.

철저하게 사리사욕에 맞춰 움직이는 그들이 원망스럽게 느껴질 법도 한 상황이지만 나는 감정적으로 휘말리지는 않기로 했다. 이미 예상했던 상황이었다.

앞서의 상황들이 너무 잘 풀려, 나쁜 소식이 들리지 않기를 내심 바랐었을 뿐이다.

"얘기가 복잡해질 것 같군. 지금 우리가 두 눈으로 본 이 엄청난 상황에 대한 실감을… 전혀 하지 못하는 것이라면 더더욱 말이 되지 않고. 하고 있는데도 이런 미적지근한 반응이라면, 도대체 그들에게 이 상황은 무엇인가?"

테노스가 내 속마음을 그대로 말로 표현해 냈다.

멍한 표정을 짓고 있는 것은 아론도, 크리스티나도 마찬가지였다. 심각한 상황을 놓고 딱 이렇게 네 사람만이 유난법석을 떠는 것만 같은 이 괴리감. 남들은 대수롭지 않게 생각하는 것 같은 이 느낌.

그것은 분명 좋은 조짐은 아니었다.

*　　　*　　　*

더 이상 모르고스 산맥에서 할 일이 없었던 우리는 다시 용병단으로 돌아왔다.

케플린 공작이 앞서 파견했던 선발대들은 모르고스 산맥 주변에 주둔하며 그들의 움직임을 살피기로 했는지 근처에 임시 막사를 쳤다.

그야말로 구색용. 저들은 오크 군단이 산맥 초입에 모습을 드러내는 순간, 몇 분 내로 정리가 될 전력들이었다. 나와 아론, 테노스와 크리스티나가 효율적으로 녀석들을 상대했기에 안전했던 것이지, 저 정도 전력으로도 안전하게 오크 군대를 막을 수 있을 것이라 생각하면 오산이었다.

불행 중 다행이라는 말의 뜻이 이런 것일까?

그 뒤로 이틀이 지났고, 아직까지는 오크들의 등장 소식이 없었다. 아직 우기가 끝나려면 일주일이 넘게 남아 있었고, 제국 남부 여기저기에서는 드디어 하천이 범람하기 시작하면서 이재민이 대규모로 발생하기 시작했다.

그나마 다행인 것은 미리 홍수가 예상됐던 만큼, 영지 소속의 군대와 영지민들이 발 빠르게 대응하면서 인명 피해는 적었다는 것이다.

이틀 동안 우리는 케플린 공작과의 만남에서 스페디스 제국의 참담한 현실과 직면했다.

중앙정부의 귀족들은 오크들의 등장을 대수롭지 않게 여겼다. 아니, 정확하게 말하자면 오크들이 아무리 호전적이라 할지언정, 거대한 스페디스 제국을 상대로 전쟁을 일으키지 않을 것이라는 근거 없는 자신감에 빠져 있었다.

이야기를 하는 내내 도대체 뭘 믿고 그런 생각을 하는가 묻고 싶을 정도로, 귀족들은 확언하듯 말했다. 오크들의 군대가 규모를 키워온 것은 사실이지만, 우리 제국과 전쟁을 치를 정도로 어리석지는 않을 것이다, 라고.

물론 오크라는 종족 하나만 놓고 보면 그렇게 생각할 수도 있다. 30년 전의 오크라면 그 생각이 틀리지 않았을 것이다.

하지만 지금의 블랙 오크들은 문명화가 진행되어 인간들의 군대, 그 이상의 무장 병기와 방어구들을 갖춘 '현대식 군대'였다. 게다가 그들의 뒤에는 블랙 드래곤이 있었다.

나는 블랙 드래곤과의 연관성도 케플린 공작과 귀족들에게 언급했다. 물론 이 말을 믿어줄 것이라 생각하진 않았다. 안타깝게도 지금의 나로서도 이 말을 납득시킬 '증거'가 없었기 때문이다.

과거의 삶에서 터득한 경험이 내 기억이오, 라고 한다면 아무도 믿어주지 않을 것이다. 오히려 이상하게나 보지 않으면 다행일 터.

'지속적으로 병력을 소집하여 만일의 사태에 대비하도록 하되, 추이를 지켜보도록 합시다. 그것이 현명하게 상황을 파악하는 길이오.'

이것이 케플린 공작이 우리에게 들려준 답이었다.

남부에서 출몰하기 시작한 오크들의 정체에 이상함을 느끼고, 직접 찾아와 오크들의 탐색까지 의뢰한 케플린 공작이 막상 문제가 발생하자 뒤로 물러난 것이다.

하지만 들리는 소문에 의하면 황제가 참석한 어전 회의에서는 본 안건에 대한 논의가 있었고, 황제는 케플린 공작에게 추가 예산 편성과 병력 충원을 지시하며 필요한 재원을 아낌없이 사용하도록 명령을 했다고 했다.

그 순간 나는 이 모든 상황의 전후 상황을 직감했다. 그에게 이번 소식은 자신의 배를 또 한 번 채우기 위한 아주 자극적이고도 좋은 소식이었던 것이다.

황제의 허락이 떨어졌으니, 관련 예산을 집행함에 있어서 이런저런 핑계를 대는 것은 어렵지 않은 일이었다.

내가 놓친 케플린 공작의 욕심이었다.

과거의 기억을 지나치게 맹신한 내 문제였다. 과거 오크들의 문제가 발생했던 시점은 지금부터 한참 뒤의 일이었고, 그때는 케플린 공작이 비록 부패한 관리이기는 했어도 제국에 닥친 전쟁 위기를 직감하고 즉각적인 준비를 했었다.

물론 그 과정에서도 수많은 비리 요소가 개입을 했지만, 어쨌든 제국이 전쟁 준비를 수월하게 했던 것은 사실이었다. 개전 초기에 남부군이 전멸하다시피 쓸려 나간 탓에 차질이 생겼지만, 덕분에 각 영지의 영주들과 영지민이 전쟁의 심각성을 인지할 수 있었다.

하지만 이번 100번째 삶에서 케플린 공작의 현실 인식은 늦었다. 그만큼 일이 빨리 터졌다는 이야기다. 결국 이 일련의 상황들은 제국 권력자의 배를 채우는 용도로 흐지부지 되어버렸고, 귀족들도 그런 케플린 공작의 모습을 보고는 마주한 현실에서 고개를 돌려 버렸다.

*   *   *

용병단으로 돌아와 테노스가 직접 주재한 회의에서 용병단 동료들은 우리 넷이 직접 현장에서 보고 듣고 온 사실을 듣고는 크게 놀랐다. 어느 누구하나 가벼이 받아들이는 동료들이 없었다.

"지금껏 그렇게 오크들이 중무장을 한 기록도 없을뿐더

러, 제국 남부에 대규모 홍수를 일으키려 했던 것은 독단적으로 할 수 있는 판단이 아닐 거예요. 분명 누군가가 바람을 넣었어요. 그게 오크들의 뒤에 숨어 있는 누군가이든, 혹은 자르가드이든 말이에요."

"지금 중요한 건 비하인드 스토리가 아냐. 제국 중앙군이 움직이지 않으면 소용없어. 설마 우리 용병단만 움직이자는 어리석은 소리는 할 생각 마, 에일리."

"누가 가서 싸우자고 했어요? 상황이 그렇다는 거죠."

"자, 그만, 그만. 우리끼리 싸울 필요가 없어."

에일리와 클라크가 언성을 높이자, 턱수염을 쓰다듬으며 조용히 앉아 있던 알렉세이가 두 사람의 언쟁을 중단시켰다. 그의 거대한 상체, 그 깊은 곳에서 터져 나오는 목소리는 낮았지만 힘이 있었다.

"잠깐 1시간 정도 휴식 시간들을 갖지. 어차피 이 자리에서 결론을 낼 수도, 낼 필요도 없는 문제니까. 우리끼리 싸울 필요는 없다. 그건 정말 쓸데없이 소모적인 일이야."

"예. 죄송합니다, 단장님."

테노스가 과열된 분위기를 가라앉히기 위해 잠깐의 휴식을 이야기하고, 나 역시 조용히 용병단 회의실 밖으로 나왔다. 밖으로 나온 동료들은 각자 자신의 개인실로 향하는 모습이었다.

나는 항상 산책을 위해 걷던 용병단청 옆의 샛길을 따라 걸었다. 생각을 정리하기에는 더할 나위 없이 좋은 장소다.

'차라리 조금 무리를 해서라도 게우게스의 거점으로 들어가 조각을 구해볼 걸 그랬나.'

상황의 톱니바퀴가 삐걱거리며 맞아 돌아가지 않는 게 느껴지자, 게우게스의 거처에 있었을 아이거의 조각이 괜히 아쉽게 느껴졌다.

붕 뜬 느낌이 바로 지금의 느낌이었다.

수많은 삶을 반복했다고 해도, 매번 모든 상황이 수월하게 흘러가지는 않는다. 늘 변수는 존재해 왔고, 나는 그 변수에 알맞게 새로운 답을 얻으며 살아왔다.

거시적인 흐름의 큰 줄기는 이탈을 하지 않지만, 이번처럼 작은 부분에서는 틀어지는 경우가 종종 있는 것이다. 그래서 낙담하거나 답답하지는 않았다. 다만 변화된 상황에 맞춰 과거의 삶에 맞춰 짜놓은 플랜 A를 버리고 플랜 B로 전환해야 할 상황이 된 셈이다.

"레논, 방금 네 앞으로 도착한 우편이야. 고향에서 온 소식 같은데? 기분 좋은 소식이면 좋겠어. 얼굴 좀 펴고."

"고마워요, 에일리."

내가 산책을 할 때면 늘 이쪽으로 오는 사실을 알고 있는 에일리는 용병단에 도착한 우편물 중, 내게로 발송된 우편

물 하나를 가지고 왔다.

찍혀 있는 주소를 보니 내가 살던 키리아트 마을에서 온 우편물이었다. 즉, 로이니아의 편지는 아니라는 것이다. 시선을 빠르게 발신인 쪽으로 돌리자, 익숙하고도 반가운 이름 하나가 찍혀 있었다. 바로 카터였다.

"이 녀석… 갑자기 무슨 소식이지? 직접 이렇게 연락을 보낼 만한 소식이 있을까?"

특급 발송이라는 특별 소인까지 찍힌 것을 보면 어지간히 급한 소식이거나 빨리 알리고 싶은 소식인 모양이었다. 그 순간, 나는 불현듯 스쳐 지나가는 생각에 두 눈이 크게 떠졌다.

찌이익. 찌이익.

빠르게 편지 봉투를 찢고, 나는 카터가 보내온 반가운 편지의 내용을 훑기 시작했다.

레논, 잘 지내냐? 네 소식은 정보 길드 쪽을 통해서 계속 듣고 있어. 무소식이 희소식이라고, 네가 다쳤거나 잘못되었다는 소식이 없어 다행이라고 생각해.

갑자기 웬 뜬금없는 연락인가 싶겠지? 레논, 네게 주고 싶은 정말 아주 큰 선물이 있어.

그동안 나는 네가 주었던 도움들을 꼭 갚고 싶었고, 그럴 만한 방법이 없나 늘 고민했었어.

돈은 의미가 없다고 생각했어. 너 역시도 잘 벌고 있고, 네가 돈에 죽고 사는 그런 사람이 아니라는 건 친구인 내가 가장 잘 알고 있으니까.

그런데 신이 내 순수한 마음에 손을 들어주신 걸까? 내 평생에 만져 보지도 못할 것 같은… 엄청난 보물을 얻게 됐어. 이 사실은 지금 내가 아닌 그 어느 누구도 알지 못해.

어느 누구도.

레논, 바쁜 나날들을 보내고 있다는 것은 알지만, 이 편지를 보는 대로 꼭 마을로 돌아왔으면 해. 네게 주고 싶은 이 엄청난 선물을 하루라도 빨리 전해주고 싶다.

"하… 카터, 이 녀석이……."

그 순간, 나도 모르게 양손의 끝이 부르르 떨렸다.

기다렸던 소식이 찾아온 것이다.

연일 눈살을 찌푸리게 만들었던 나쁜 소식들… 그 끝에서 카터로부터 좋은 소식이 전해진 것이다. 당연히 망설일 이유가 없었다.

*　　　　*　　　　*

1시간 뒤, 이어진 용병단 회의에서 향후의 방침이 정해졌다.

테노스는 당분간 모든 의뢰를 개인 단기 의뢰로 전환하고, 기간이 짧은 의뢰만을 받기로 했다. 언제 제국 남부에서 전쟁이 터질지 알 수 없었기 때문이다.

테노스는 내가 생각한 것보다 더 적극적으로 움직였다.

다양한 단체 의뢰를 받던 테노스 용병단이 의뢰의 규모를 줄이기 시작하면, 당연히 이에 궁금증을 갖는 의뢰자들이 생길 터. 테노스는 고객들을 상대로 현재 모르고스 산맥에서 벌어지고 있는 일을 설명하며, 그 위험성에 대해 충분히 알리겠다는 의지였다.

또한 연대 관계에 있는 다른 용병단─특히 카트리나 용병단─에도 이 사실을 알리기로 했다. 그리고 원할 경우, 각 용병대원들의 재량에 따라 휴식을 취해도 상관없다고 했다.

비상 대기 상태가 된 것이다.

언제든 테노스 용병단의 투입이 필요해졌을 때 즉각적으로 대응하기 위한 테노스의 안배였다. 그는 제도권에 얽매이지 않는 용병단의 사람이었지만, 늘 가슴속 한편에는 스페디스 제국의 일원으로서 애국심을 가지고 있는 사람이었다.

동료들은 그런 테노스의 결정에 반문하지도, 반발하지도 않았다. 용병단도 결국 제국이라는 거대한 뿌리가 존재해야 존속할 수 있는 것이고, 지금의 상황은 괜한 걱정이라는 말로 간과하기에는 가볍지 않은 사안이었으니까.

나는 이틀간의 휴가를 신청했고, 테노스는 흔쾌히 승낙했다. 이유와 목적지는 묻지 않았다. 항상 정해진 휴가 기간을 지켰고, 때때로 그것보다 훨씬 빨리 귀환했던 나를 믿는 테노스의 결정이었다.

잔뜩 인상만 찌푸리게 하던 이 시점에 기대하던 소식이 들려왔다.

＊　　　＊　　　＊

용병단에서 키리아트 마을까지는 가격이 비싼 장거리 텔레포트 마법진을 이용하는 것보다, 내가 직접 텔레포트를 시전하는 것이 더 빨랐다.

마법진이 키리아트 마을에서 반대 방향으로 떨어진 곳에 구축되어 있어, 한참을 뒤로 갔다가 다시 거꾸로 와야 하기 때문이다.

나는 사방이 탁 트인 지역에서 별다른 간섭 없이 텔레포트를 시전하는 방법으로 계속해서 키리아트 마을과 가까워졌고, 장거리 텔레포트를 위해 집중하고 마나를 모으는 시간을 제외하고는 빠르게 이동할 수 있었다.

"카터."

키리아트 마을에 도착한 것은 모두가 잠든 새벽, 가장 어두운 시간이었다.

나는 집에 들리기 전에 먼저 카터의 집부터 찾아가기로 했다. 왠지 그 녀석이라면… 이 시간에도 자지 않고 무언가를 열심히 고민하고 생각하고 있을 것 같았으니까.

아니나 다를까.

시야에 들어온 카터의 집, 카터의 방의 창문을 타고 흘러나오는 한 줄기 불빛이 보였다.

나의 둘도 없는 친구 카터.

녀석과의 오랜만의 만남이었다.

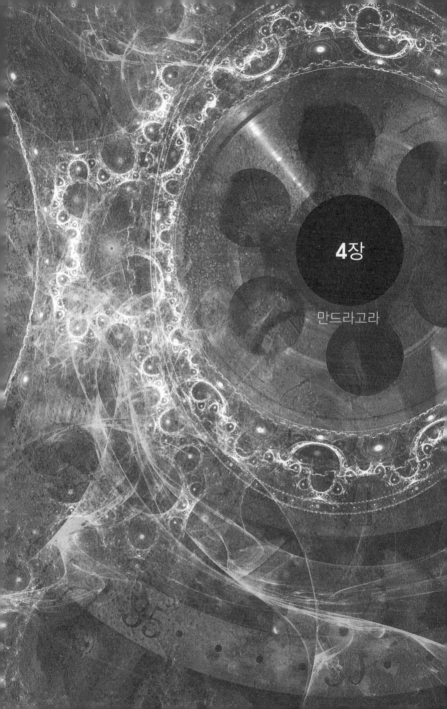

4장

만드라고라

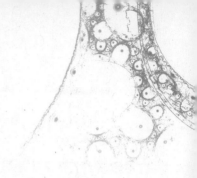

"아이린이… 있을까?"

새벽이라는 시간을 망각하고, 카터의 방에 켜진 불을 보고 대문을 두드리려던 나는 잠시 멈춰 섰다. 우선 부인과 가족들이 자고 있을 이 시간에 문을 두드리는 것 자체가 실례이기도 하고, 검술을 배우기 시작했다는 아이린의 소식을 들은 이후 알아본 바가 없어 신경이 쓰였던 것이다.

가급적이면 아이린은 만나고 싶지 않았다. 그것이 나뿐만 아니라 그녀를 위해서도 좋은 일이다.

"조금 놀래켜 주는 것도 나쁘진 않겠군."

다른 생각이 든 나는 입가에 살짝 미소를 머금고는 카터의 개인실 창문이 위치한 쪽으로 발걸음을 옮겼다. 그리고 조용히 플라이 마법을 시전했다. 그러자 지면에서 붕 떠오른 두 발과 몸이 천천히 카터의 방에 있는 창문으로 향했다.

어느새 시선이 맞춰졌다.

창문 사이로 불을 켜놓은 채, 열심히 장부를 정리하고 있는 카터의 모습이 한눈에 들어왔다. 녀석은 종이를 여기저기 펼쳐놓고 보며, 두꺼운 장부 위에 만년필로 계속 무언가를 적어내려 가고 있었다.

녀석은 고지식하고 우직해서 탈세 같은 것은 안하는 녀석이다. 즉, 저 장부가 이중장부는 아니라는 이야기다. 아마도 '정직' 하게 자신이 팔고 산 내역을 꼼꼼하게 적고 있을 터다.

똑똑.

창문을 두드렸다. 그 순간 카터가 화들짝 놀라 창문 쪽으로 돌아보았다.

그럴 수밖에 없을 것이다. 아무것도 없어야 할 2층 창문에서 노크하는 소리가 들리니 깜짝 놀랄 수밖에.

하지만 이내 카터의 표정이 환해졌다.

나 역시 오랜만에 마주하는 녀석의 모습에 입이 절로 벌어졌다.

*　　　*　　　*

"제수씨는?"

"자고 있지. 2층은 내 개인실이야. 부모님도 아내도 전부 1층에 있는 각자의 방에서 자고 있고."

"아이린은?"

"내가 그 이후로는 얘기를 안 했구나. 아이린은 카트리나 용병단에 들어갔어. 정말 악착같이… 죽을 각오로 열심히 검술을 연습했거든. B급 용병이야. 생활 용병으로서 입단했지만, 자기는 반드시 A급 용병이 되겠다고 벼르고 있어. 그렇게 말렸는데 오빠의 말도 통하지가 않더군."

"카트리나 용병단에?"

"그렇게 됐다. 지가 하겠다는데 말려서 뭐 하겠어. 말도 통하지 않는걸."

카터가 체념한 듯 고개를 푹 숙였다.

일전에 소식을 들었을 때가 검술을 가르쳐 줄 유능한 스승 하나를 모셔 검술 훈련에 들어갔다고 들었는데, 진척이 빨랐던 모양이었다. 어쩌면 만드라고라까지는 아니더라도 비약적인 체력 상승에 도움을 줄 수 있는 약물을 복용했을

지도 모른다.

카터가 가진 재력이라면 아이린에게도 꽤 많은 돈이 주어졌을 것이고, 그 돈이면 얼마든지 필요한 것들을 살 수 있었을 테니까.

하필이면 테노스 용병단과 가장 관계가 깊은 카트리나 용병단에 들어갔다니. B급 용병이니 굵직한 의뢰 등을 수행할 때나 연합하는 과정에서 엮일 일은 거의 없겠지만, 그래도 신경 쓰이는 게 사실이었다.

"어쨌든 카터, 보고 싶었다. 우리 정말 오랜만이지?"

"네가 마법사가 되었다는 사실을 인지하지 못했으면, 창문 밖에서 네 모습을 봤을 때 기절했을 거다. 크, 마법이란 정말 신기하고도 오묘하단 말이야. 레논, 반갑다!"

우리는 다시 한 번 서로를 마주한 채 포옹했다.

우정과 신뢰, 그리고 반가움이 묻어나는 포옹이었다.

"괜찮으면 이야기는 밖에서 하자. 길어질 수도 있으니. 챙길 것들 챙겨서 나갈게."

"알았다."

모든 가족들이 곤히 잠들어 있을 시간이었고, 나 역시 가족들의 단잠을 방해하고 싶지 않았기에 고개를 끄덕이고는 창밖으로 나섰다. 플라이 마법으로 단숨에 훌쩍 몸을 날려 지면에 안정적으로 몸을 착지하자, 창밖으로 내 모습을 지켜보던 카터가 박수를 쳤다.

그리고는 잠시 기다리라는 제스처를 취하고는 무언가를 이것저것 챙긴 뒤, 어느새 밖으로 나왔다.

우리는 카터의 집에서 그리 멀지 않은 공터에 자리를 잡았다. 나는 라이트 마법을 발현시킬 마나 구체를 만들었고, 충분한 양의 마나를 불어 넣은 뒤 지면에 살짝 내려놓았다.

라이트 마법은 마나를 계속 소진하면서 주변을 밝혔다. 카터는 한참을 신기하게 마법 구체를 만졌다. 뜨겁지도 않고 몸에 해롭지도 않은 마법 구체였지만, 손길에 공처럼 움직였기 때문이다.

"6클래스의 마법사라니… 믿기지가 않아. 누군가는 평생을 투자해도 얻을 수 없는 변화잖아. 나는 그런 변화를 이뤄낸 사람이 내 친구인 너라는 것이 정말 자랑스러워, 레논."

"남 말할 것 없다. 너만큼 상인으로서 대성공을 거둔 사람도 드물 거야. 너는 너무 겸손해서 탈이야, 카터. 너야말로 정말 대단한 사람이야."

"후후, 말뿐만이라도 고맙다."

카터는 조심스럽게 자신의 양손으로 들고 있던 나무 상자를 앞에 내려놓았다. 나는 저 안에 무엇이 들어 있는지 알고 있지만, 내색하지는 않았다. 재촉하지도 않았다. 지금은 그저 오랜 친구인 카터와의 만남을 즐기고 싶었다. 하고 싶은 이야기도 많았다.

모든 사건들은 점점 시간이 지날수록 가속이 붙으며 빠르게 이루어지고 있다. 내 계산이 맞다면 이 만드라고라는 지금보다는 시간이 좀 더 지난 후에 발견되었어야 했다.

처음에는 왜 만드라고라가 일찍 발견되었는지 이해가 되지 않았지만, 곰곰이 생각해 보니 그럴 만한 이유가 있었다. 과거와 달리, 카터의 상단도 비약적인 발전을 거듭하며 몸집을 꽤나 크게 불려놓은 것이다.

그래서 만드라고라를 얻게 된 시점도 당겨진 것이다. 만드라고라 자체만 놓고 보면 더할 나위 없는 희소식이겠지만, 아쉽게도 이것은 내게 썩 좋은 징조는 아니었다.

'엘프가 어느 편에 서는지도 중요해.'

모르고스 산맥에서 정신없이 블랙 오크들의 계획을 무너뜨리느라 잠시 잊고 있었지만, 나는 이 일에 필연적으로 연관될 수밖에 없는 엘프들을 떠올렸다. 엘프가 오크와 드래곤의 편에 서서 인간들을 적으로 대하면, 미래는 더욱 암울해진다.

나는 만드라고라에 대한 이번 일이 끝나는 대로 엘프에 대한 생각을 매듭짓기로 결심하고는 다시 내 친구 카터에게로 생각을 집중했다.

"칼로크 상단과는 관계는 어때?"

"나쁘지는 않아. 아예 직접 대면해서 이야기를 나눴거든. 우리가 영역을 넓히려면, 반드시 칼로크 상단과 충돌할 수밖에 없으니까."

"얘기가 흥미롭게 흘러가는군."

"우리 상단과 칼로크 상단은 대외적으로, 공식적으로는 경쟁하는 관계인 것처럼 으르렁거리며 지낼 거야. 하지만 이면에서는 전략적으로 협력하는 거지. 가장 껄끄러운 부분에서의 충돌은 하지 않고, 경쟁이라는 이름으로 공격적으로 세를 불려 나가는 거지."

"칼로크는 셈이 빠른 사람이야. 쉬운 줄타기는 아닐 거야."

"어떻게 알았어? 정말 머리가 잘 돌아가는 사람이더군. 괜히 칼로크 상단이 스페디스 제국 최고의 상단이라 하는 게 아니었어. 지금도 칼로크와의 협의를 100% 믿지는 않아. 언제든 등을 돌릴 수 있는 것도 사실이니까."

"나는 장사는 잘 몰라. 하지만 칼로크에 대한 소문은 익히 들었었으니까."

과거의 기억이 있기 때문에 칼로크에 대해 자신있게 말할 수 있었던 나는 카터의 예리한 질문에 살짝 말을 돌렸다.

가끔 이럴 때가 있다. 과거의 기억을 되짚어 나오는 말들을 마치 확신하듯 말하는 때가.

"이야기나 실컷 들어보자. 카터, 네 상단 얘기 좀 들려줘. 나 이틀 동안 휴가다. 시간은 많아. 편히 얘기해 봐."

"나도 내 편지를 받고 나면 네가 꼭 올 것 같아서 오늘은 아무 일정도 잡지 않았다. 그래, 아주 신명나게 얘기해 보자. 그나저나 레니와 어머님은?"

"아직 말씀 안 드렸어. 그건 내가 알아서 할 테니, 이야기보따리 좀 풀어봐."

"그래. 그게 말이야……."

끼니 때, 그리고 아침 일찍 레니와 어머니에게 이틀간의 휴식을 알린 나는 키리아트 마을 외곽에 있는 작은 산에 올라 공터에 자리를 잡고 이야기를 나누었다.

인적도 드물고, 시원한 바람이 부는 곳이라 안성맞춤이었다.

카터는 정말 많은 이야기를 들려주었다.

상단의 돌아가는 상황부터 시작해서, 내가 자세하게까지는 알지 못했던 수도의 귀족가와 정치판에 대한 이야기도 들을 수 있었다.

정보를 중요시하는 카터는 생각보다 많은 돈을 정보를 수집하기 위해 쓰고 있었는데, 그 정보들 중에는 정치계의 고급 정보들도 다수 포함되어 있었다.

예상대로였다. 중앙 정부의 관료들은 하나같이 부패에 연루되지 않은 사람이 없었고, 이를 털어내자고 치면 정말 어지간한 고위 관료들은 모두 감옥으로 가야할 판이었다.

이것은 케플린 공작이 만들어낸 결과물이기도 했다. 만약 케플린 공작에게 누군가가 부정부패의 혐의를 뒤집어씌우려 한다면, 케플린 공작에서부터 시작된 수많은 부패의 고리들이 그야말로 '줄줄이 사탕'처럼 엮이게 되는 것이다.

케플린 공작이 위험해지면 자연스럽게 아래에 연관된 자신들이 위험해지는 만큼, 케플린 공작에게 위협이 될 만한 거리들이 생기면 아랫선에서 알아서 처리를 하는 것이다.

거대한 부정부패의 덩어리가 되어버린 중앙 관리들은 케플린 공작의 수족이나 다름없었다. 사리사욕을 채워 돈을 버는 방법은 고민할지라도, 자신들의 엄한 돈이 새어나갈지도 모르는 국방비 지출이라든가 하는 것들은 철저하게 논의 대상에서 배제됐다.

이번 모르고스 산맥 사건도 위험성을 모두가 알고 있었지만, 케플린 공작이 쉬쉬하며 개의치 않는 듯한 모습을 보이자 그것이 중론(衆論)이 되어버린 것이다. 오히려 지나친 걱정이라며, 블랙 오크 따위는 스페디스 제국군에게 하루

면 토벌될 것이라고 호언장담을 하는 정신 나간 작자들도
있었다.

예상은 했지만 상황은 더 심각했다.

이대로라면 피할 수 없는 블랙 오크와의 전쟁을 가장 준
비가 안된 상태에서 맞이하게 될 공산이 컸다. 불행 중 다
행이라면 제국 남부에서 벌어졌을 수도 있는 대규모 물난
리는 피했다는 것뿐이다.

*　　　*　　　*

정신없이 아침부터 시작된 얘기는 어느새 점심, 오후를
지나 저녁까지 이어졌다. 정말 긴 이야기였지만, 나도 카터
도 시간 가는 줄 모르고 나눈 즐거운 대화였다.

그리고 배불리 저녁 식사를 끝나고 났을 무렵, 카터가 조
심스럽게 운을 뗐다.

"레논, 사실 이번에 너를 꼭 보자고 한 건… 이것 때문이
었어. 가지고 나와 놓고는 이야기하느라 잊어버리고 있었
네. 이 사실은 지금 나밖에 몰라. 그 어느 누구에게도 알리
지 않았고, 앞으로도 그럴 생각이야. 이건… 네가 아닌 그
어떤 다른 누구도 손에 넣어서는 안 되는 것이라 생각하기
에 조심스럽게 간직하고 있었어."

딸깍.

카터가 아주 천천히, 조심스러운 손길로 하루 종일 간직하고 있던 나무 상자의 문을 열기 시작했다.

그 안에 무엇이 있을지 나는 알고 있지만, 카터가 행복해할 내 모습을 보며 느낄 만족을 깨고 싶진 않았다.

나는 머릿속에서 과거의 기억을 지우고, 아무것도 모르는 사람이 되어 기대가 가득한 눈빛으로 나무 상자를 바라보았다.

그리고.

"아……!"

탄성을 터뜨렸다.

이것만큼은 의도된 것이 아닌, 늘 볼 때마다 느끼는 만드라고라에 대한 경외감이 담긴 탄성이었다.

그랬다.

나무 상자 안에는 카터가 캐어온 전설의 영물, 만드라고라가 고이 모셔져 있었던 것이다!

"예상하지도 못한 일이었어. 정말 아무 생각 없이, 그저 머리나 식힐 겸 해서 갔던 산행이었거든. 옛날에 약초꾼 아저씨들 따라서 곁눈질로 겨우겨우 노하우를 배우던 때가 떠올라서 갔던 거니까. 그런데 정말 생각지도 않았던 게 보이기 시작한 거야."

카터는 내게 즐겁게 이야기를 꺼내기 시작했다. 잔뜩 상기된 얼굴에는 만드라고라를 보았던 그 당시의 설레임과 긴장감이 한데 묻어나오고 있었다.

만드라고라는 값을 매길 수 없다.

부르는 게 곧 값이고, 구하고자 해도 구할 수 없는 영물이기 때문이다. 물론 그렇다고 해서 억만장자들이 무조건 만드라고라를 먹는가 하면 그것도 아니었다.

항상 한 번에 큰 힘을 얻을 때 그러하듯 만드라고라 역시 그 안에 내재된 힘을 자신의 것으로 만드는 과정에서 엄청난 고통과 인내의 시간이 수반되기 때문이다.

내게 있어 만드라고라가 쓰임새가 있는 이유는 어떻게 만드라고라를 먹고, 그 이후에 내 몸에 어떤 변화가 생겨나며, 그때 어떻게 대처해야 하는지를 알기 때문이다.

이를 알지 못하면 영물인 만드라고라를 먹는다고 해도 흡수하는 과정에서 목숨을 잃거나, 안에 내재된 힘에 비해 터무니없이 미약한 상승을 경험하고 끝날 수도 있었다.

그래서 만드라고라는 희귀한 고가의 물건이었지만, 의외로 수요가 없는 물건이기도 했다. 만드라고라를 잘못 먹었다가는 죽을 수도 있으니까.

"만드라고라보다는 조금 흔한 에드라고라 한 뿌리를 구

해도 약초꾼들은 평생의 대발견이라고 하잖아. 내가 예전에 약초행 다닐 때, 세빌런 아저씨가 에드라고라 한 뿌리 구한 이후로 인생이 달라졌단 말이야. 그런데 내가 이 엄청난 영물을 두 눈으로 보게 되었으니 얼마나 놀라지 않았겠어?"

"이건 놀라는 정도로 끝날 일이 아니야, 카터… 그 어느 누구도 쉽게 할 수 없는 경험이야. 믿기지 않아. 내 앞에 이런 영물이 있다는 게……."

나는 정말 아무것도 모르는 사람처럼, 만드라고라에 시선을 고정시킨 채 연신 탄성을 터뜨렸다. 완벽한 연기다. 나에게야 과거의 기억이 있고, 만드라고라를 처음 보는 것이 아닌 만큼 큰 감흥이 없을 수도 있겠지만, 지금의 현실에서 마주하고 있는 카터에게는 일생일대의 발견인 것이다.

지금 내가 카터에게 보여주고 있는 모습은 그것에 대한 예의였다. 카터가 내게 소중한 친구이기에 보여주고 있는 모습이었다. 내가 과거의 모든 것을 알고 있다고 해서, 지금 이 자리에서 대수롭지 않은 듯 군다면 카터의 기쁨과 즐거움도 사라지고 말 것이다.

"레논. 처음에는 솔직히 만드라고라를 팔까도 생각했었어. 수집하고 싶어 하는 사람도 많으니까. 하지만 그런 생각은 오래가지 않더라. 레논, 이건 너를 위한 영물이야. 비록 어떻게 먹고, 어떻게 써야 하는지는 알 수 없지만… 설령 네가 먹지 않고 가지고만 있는다고 하더라도 꼭 네게 주고 싶다. 그래서 보관하고 있었어. 내게 새로운 인생의 길을 열어준 레논 네게 내가 주는 선물이야."

"카터… 내가 받아도 괜찮을까? 내가 이런 영물을 손댈 자격이 있을까?"

내가 생각해도 발이 꽤나 오그라드는 말이 터져 나왔다.

그래도 그렇게 해줘야 한다. 그것이 오로지 나에 대한 생각 하나만으로 이 영물을 가져와 준 카터에 대한 예의라 생각했다.

"네가 아니면 만드라고라를 주고 싶은 사람도, 그럴 사람도 없다고 생각해. 네가 내게 평생의 길을 열어주었듯, 나도 내게 그런 선물을 해주고 싶다. 자, 가져가라!"

카터가 힘껏 내게 만드라고라가 담긴 상자를 내밀었다.

다시 봐도 만드라고라가 확실하다. 그래서일까? 나도 모르게 입가에 미소가 지어졌다. 이런 좋은 소식이 생각보다 빨리 전해지니 기분이 좋았다.

"꼭 만드라고라의 힘을 내 것으로 만들게. 카터, 정말 고맙다. 네가 얻은 이 엄청난 행운이 절대 헛되지 않게 내가, 반드시, 꼭 결과물을 보여줄게. 정말 고맙다, 카터!"

나는 카터의 손을 꽉 맞잡았다. 녀석은 어찌된 영문인지 날 바라보며 눈물을 흘리고 있었다.

"하아… 몇 년 전만 해도 집을 나오는 것조차 힘들 것이라 생각했던 네가 이렇게 변하다니… 정말 행복한 일이야, 정말……."

"카터, 네가 내 친구라는 사실에 항상 감사한다. 고맙다. 언제나 고맙다, 카터."

"레논……."

우리는 한참을 깊은 우정의 포옹을 한 채, 아무 말도 하지 않고 서로의 등을 두드려 주었다.

*   *   *

밤이 되자 카터는 떠났다.

이렇게 하루의 시간을 낸 것도 실로 오랜만이라고 했다. 카터가 쉬고 있는 동안에도 상단은 바쁘게 돌아가고 있고, 사방에 카터가 처리해야 할 일이 한가득이었다.

게다가 이번에 모르고스 산맥 인근에서 발견된 블랙 오크들과 남부 지방의 물난리로 인한 치안 불안 때문에 생필품 가격이 급등하고 있다고 했다.

그래서 칼로크 상단에서 쌀과 밀가루, 옥수수 같은 식료

품들을 각지에서 거의 쓸어 담다시피 매입하고 있었는데, 여기서 뒤처지는 일이 없도록 상단의 역량을 식료품 확보에 주력하고 있다고 했다.

물론 목적은 조금 달랐다.

칼로크 상단은 저가에 이것들을 매입해서, 수요가 많은 남부 지방에 비싼 값에 팔 생각을 하고 있었다.

반면 카터는 이를 최대한 싼 가격으로 정말 필요한 사람들이 사갈 수 있도록 직접 선을 닿아 파는 방법을 고민하고 있었다.

폭리를 취하는 게 목적이 아니라, 어려움을 겪는 사람들이 원래의 제값을 주고 가져갈 수 있길 바랐던 것이다.

과거의 삶에서도 그랬지만, 카터는 늘 이랬다. 상인이기도 했지만 동시에 자신이 벌어들인 수익을 어려운 사람을 위해 최대한 활용할 수 있도록 방법을 고민하는 멋진 녀석이었다.

나는 이를 위해 서둘러 길을 떠나야 하는 카터의 뒤를 배웅해 주고는 키리아트 마을 남동쪽에 있는 뒷산에 올랐다.

정확한 산의 명칭은 아이니 산. 해발 400m 정도의 산으로 높은 산은 아니었지만, 구불구불한 길이 많고 여기저기 동굴이 있어 주변의 눈에 띄지 않기에는 더할 나위 없이 좋은 장소였다.

만드라고라의 사용법을 알고 있는 이상, 굳이 시간을 끌 필요가 없었다.

─정말 좋은 연기력이야. 천연덕스럽게 아무것도 모르는 사람의 연기를 할 수 있다니.

"너 같이 처음부터 마음이 비뚤어진 사람이라면 우스워 보일지 모르겠지만, 난 친구인 카터에게 배려를 해준 거야. 내게는 몇 번이고 일어난 예정된 사건이었지만, 녀석에게는 정말 엄청난 일이었을 테니까."

─후후후, 네가 내게 퉁명스럽게 말하는 그 소리가 달콤한 사랑 표현처럼 들리는 건 내 착각일까?

"완벽하게 착각이지."

─만드라고라는 네게 엄청난 변화를 가져다줄 거다. 내 예상으로는 최소한 8클래스에는 접근할 수 있지 않을까 싶은데. 어수룩한 녀석이 먹었다면 한 단계나 올라도 다행이겠지만, 너는 만드라고라가 가진 힘을 남김없이 받아들일 노하우가 있지 않던가?

"먹은 시점이 예전과는 달라. 하지만 적어도 놓치는 건 없겠지. 분명 내게는 엄청난 변화가 있을 것이고, 이건 내게 좋은 기회가 될 거다."

아이거의 말에 나는 고개를 끄덕였다.

과거에 내가 만드라고라를 손에 넣었을 때는 지금보다

성취가 낮은 시점이었다. 4클래스일 때 만드라고라를 먹고 6클래스가 된 적도 있었고, 그것보다 더 낮은 상태에서 올라왔던 적도 있었다.

그때그때 상황이 달랐다. 가장 고무적인 것은 이번 삶, 그러니까 100번째 삶이 내가 가장 최고의 위치에 있을 때 만드라고라를 먹게 되었다는 것이다.

6클래스의 몸으로 만드라고라를 손에 넣은 것은 이번이 처음이었다. 그 말은 아이거의 말대로 경우에 따라 8클래스까지 단번에 넘어갈 수 있음을 의미했고, 이렇게 되면 엘프의 땅, 혹은 블랙 오크의 근거지에 있는 아이거의 조각을 손에 넣으면 9클래스의 경지도 넘볼 수 있었다.

9클래스는 8클래스와는 전혀 다른 의미를 갖는다.

8클래스는 인간으로서 이룰 수 있는 최대의 경지인 9클래스의 전 단계로 이 수준만 되어도 인간들의 세계에서는 대마법사로 추앙을 받지만, 드래곤에게는 한참이나 아래의 수준에 불과한 경지일 뿐이다.

하나 9클래스는 다르다.

9클래스의 마법사가 구현할 수 있는 마법과 그 파괴력은 끝을 알 수 없다.

8클래스는 언젠가 9클래스가 아닌 한계에 부딪히는 벽이라는 게 존재하지만, 9클래스에는 한계가 없다.

그래서 드래곤들도 9클래스의 마법사는 두려워한다. 이 마법사가 얼마나 많은 성취를 이뤘느냐에 따라서 자신들의 목숨을 위협할 유일한 대항마가 될 수도 있기 때문이다.

내가 바라는 바가 그것이다.

내 삶의 목적이기도 하다. '그'가 원하는 이 세계의 절대 강자가 되는 것. 그 시작은 9클래스다.

휘이이이이.

산 중턱에 오르자, 시원한 밤바람이 몸 전체를 감쌌다. 산으로 드나드는 인적은 진작 끊긴 어두운 밤. 라이트 마법으로 아주 약하게 불을 비추고 산에 오른 나는 괜찮은 동굴을 발견하고는 자리를 잡았다.

동굴 입구에 마른 나뭇가지와 조각들을 가져다가 쌓아놓고 파이어 볼을 이용해 불을 피우니, 제법 큰 불이 생겨났다. 동굴 안도 환하게 비춰질 정도였다.

딸깍.

동굴 안쪽의 정중앙에 자리를 잡고 앉은 나는 상자를 조심스럽게 열었다. 영물인 만드라고라가 보란 듯이 상자 안에 고이 모셔져 있다.

만드라고라가 워낙에 귀한 물건이다 보니, 이를 먹는 방법을 두고 학자들끼리 의견이 분분했었다. 지금까지 만드라고라를 먹었던 사람들의 기록을 살펴봐도, 워낙에 섭취법이 다양했기 때문이다.

끓여 먹어야 한다, 삶아 먹어야 한다, 수백 개로 조각을 내서 하루에 한 조각씩 먹어야 한다, 먹어선 안 된다 등등등… 온갖 추론이 난무했다. 먹어본 사람이 역사를 통틀어도 손에 꼽을 정도니 더더욱 논란이 많았다.

하지만 결론은 단순하다. 그냥 먹으면 된다. 어떤 조리나 가공의 절차 없이, 그냥 만드라고라를 있는 대로 씹어 먹는 것이다. 만드라고라를 전부 먹고 난 뒤, 잠시 기다리면 체내에서 급격한 변화가 일어나기 시작한다.

그럼 그때에 맞춰서 대응을 하면 되는 것이다.

학자들은 이렇게 단순하게 영물의 기운을 체득할 수 있을 것이라고는 예상도 못 했고, 그렇지도 않을 것이라 여겼기 때문에 정말 단순한 섭취법을 알지 못했다.

"후우."

매번 있었던 일이지만, 역시나 몸 전체에 엄청난 고통이 밀려올 것을 생각하니 심호흡이 절로 이루어졌다. 익숙한 고통이지만, 그렇다고 해서 초탈하게 받아들일 수 있는 고통은 또 아니다.

—내가 다 긴장이 되는군.

아이거가 한마디를 보탠다.

녀석도 산전수전 다 겪은 과거의 마법사지만, 만드라고라를 먹어본 기억은 없는 모양이다.

"돌아갈 길은 없어. 오로지 나아갈 뿐."

나는 짧게 아이거의 말을 받았다.

그리고.

우적우적. 우적우적.

거칠게 만드라고라의 뿌리부터 차근차근 씹어 먹기 시작했다. 아주 어두운 밤, 동굴 속에서 은밀하게 벌어진 일이었다.

5장

두 단계를 뛰어넘은 힘

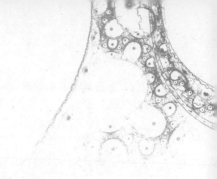

"하아."

숨을 몰아쉬며 눈을 뜬 것은 만드라고라를 먹고서 상당한 시간이 흐른 뒤였다.

그 중간에 있었던 수많은 고통과 인내의 시간들은 기억이 나지 않았다. 이건 과거에도 그랬던 일이다. 만드라고라를 먹는다는 것은 엄청난 고통을 수반하는 일이었고, 이를 견디는 것은 중대한 과제였다.

나는 눈을 뜨자마자 먼저 내 몸을 확인했다.

온몸이 강렬한 열기에 둘러싸였던 느낌은 있지만, 다행

히 옷이 다 타서 없어져 버렸거나 하지는 않았다.

천천히 마나의 흐름을 가속시켜 본다.

마나 홀을 따라 회전하는 마나의 기운이 느껴졌다. 이전보다 더 청명해지고 맑아진 느낌의 마나는 회전 속도도 훨씬 빨랐다. 마치 좁은 길을 따라 운전하던 차가 탁 트인 고속도로를 움직이는 느낌이라면 맞을 것이다.

과거 이따금씩 체내에서 저항이 느껴지기도 했던 마나의 흐름은 매우 원활했고, 순식간에 마나는 여섯 번의 회전을 끝냈다. 여기까지가 6클래스였던 나의 한계점이다.

바로 여기서, 힘을 주어 마나의 회전을 유도해본다. 6클래스가 한계점인 마법사라면 더 이상 회전을 하지 않고, 마나 홀 안에서 마나가 표류(漂流)할 것이다.

"역시……."

그 순간, 내 입가에 자연스럽게 미소가 지어졌다. 마나가 막힘없이 다음 회전을 이어갔기 때문이다. 일순간 7회전을 끝낸 마나는 8회전까지 마무리했다. 그제야 마나의 흐름이 멈추었고, 나는 내 몸에 일어난 변화를 확실하게 인지했다.

시간의 차이는 있었지만, 아직까지는 내게 벌어져야 할 일들이 잘 일어나고 있다. 물론 좋은 일만 벌어지고 있는 것은 아니다. 하지만 강해지는 것이 가장 중요한, 최대 과제인 내게는 좋은 소식이기도 하다.

"시간을 지체할 필요가 없지. 돌아가야겠다."

키리아트 마을로 찾아온 소기의 목적은 달성했다.

이제는 다시 용병단으로 돌아가, 시시각각 급변하는 정세를 살필 때였다. 어쩌면 나에게 일어난 이 변화가, 미래의 일들이 벌어질 시기를 또 앞당긴 것일지도 모른다.

만약 내가 과거와 완벽하게 똑같은 시간에 똑같은 행동을 반복해서 한다면, 미래도 과거와 똑같아 질지도 모른다. 하지만 과거를 거울 삼아 실수를 없애고, 내게 도움이 될 부분들만 빠르게 짚어 나가다 보니… 미래가 달라지기 시작했다.

그래서 100번째 삶이라는 그야말로 영겁의 삶, 그 마지막 종점에 다다라 있음에도 나는 긴장할 수밖에 없다.

그저 수많은 실패의 기억들을 교훈처럼 머릿속에 가지고 있어, 같은 실수를 반복하지 않을 자신감이 많은 것뿐이다.

변수는 항상 존재하고, 그 변수는 늘 생각지 않은 곳에서 터진다.

가족들과의 인사는 짧게 끝났다.

그나마 다행인 점이 있다면 고향 키리아트 마을은 지금 위험지대로 분류되는 제국 남부와는 거리가 상당히 있다는 점이다. 다만 나는 어머니와 레니에게 다시 한 번 제국 남부의 현 상태를 짚어주었다.

주변의 돌아가는 상황이나 소식에 항상 귀가 열려 있는 어머니는 다행히 내가 말을 꺼내기도 전에 많은 사실들을 알고 계셨다. 그리고 얼마 전, 유사시에 피난용으로 사용할 거처를 북부 지방에 구해놨다는 말도 들었다.

꼼꼼한 어머니다운 결정이었다. 그러니 마음이 한결 놓였다. 레니의 말로는 카터의 가족들이 만약의 상황에 대비하여 피난할 은신처도 바로 그 옆이라고 했다.

키리아트 마을 사람들 모두가 제국 남부에서 심상찮게 돌아가고 있는 상황을 잘 파악하고 있어 다행이었다.

*　　　*　　　*

용병단으로 돌아오는 길.

나는 계속해서 다양한 7클래스, 8클래스의 마법을 캐스팅하고 시전해 보았다.

텔레포트는 이제 단기간의 집중으로도 장거리를 이동할 수 있을 만큼 수월해졌다. 증가된 마나의 양은 많은 것을 빠르고 신속하게 만들어 주었다.

블링크는 과거 약간의 시간 차를 두고 이뤄지던 것이 즉발성으로 바뀌었다. 반박자 쉬고 이동하는 느낌이었다면,

지금은 블링크를 시전하는 순간 원하는 위치로 이동이 되는 것이다.

아주 찰나의 시간에 해당하는 변화지만, 그것이 생존 가능성의 유무와 직결되는 전장의 마법사들에게는 엄청난 변화였다. 마법의 위력은 더욱 강해졌고, 캐스팅과 시전 속도도 빨라졌다.

"레논, 들었어? 엘프들이 움직이고 있다는 정보야. 수도에서 정보 길드를 통해서 역으로 우리에게 들어온 정보니까 더 정확할 거야. 거짓 정보를 군에서 흘렸을 리가 없으니까."

"엘프들이?"

"대규모 전력 이동이 북부로 이뤄지고 있는 것 같아. 북부면 스페디스 제국 남동부, 그리고 마도국 자르가드의 남서부와 산 하나를 사이에 놓고 맞닿는 곳이잖아."

"…상황이 좋지 않은데."

"지금 황제 폐하의 명으로 용병단의 모든 업무를 중단하라는 명령서가 내려왔어. 이건 정말 빼도박도 못하는 상황이라는 것 아니겠어?"

돌아온 용병단의 분위기는 심상치 않았다.

엘프의 등장 자체가 당황스럽지는 않았다. 과거에도 그

랬으니까. 블랙 오크가 먼저 인간들과 대립하여 전쟁을 벌이기 시작했고, 이어서 엘프가 연합군을 이루어 참전했다. 그 다음에 종지부를 찍은 것이 드래곤이었다.

이미 스페디스 제국은 블랙 오크들과의 전쟁을 치르는 과정에서 그야말로 '너덜너덜' 해졌고, 엘프가 참전하면서 쑥대밭이 되었다. 그 와중에 적이지만 '동족' 인 자르가드가 스페디스 제국을 침공한 것은 뼈아픈 한 수였다.

중심 세력이 무너진 대륙이 안전할 리 없었고, 이후 대륙 전체는 오크들과 엘프들의 끝없는 소탕 작전 속에서 사람들이 죽어갔다. 그리고 어느새 모든 것은 두 종족을 뒤에서 조종하던 드래곤들의 것이 되었다.

나는 앞으로 펼쳐질 미래를 과거의 기억대로 세 가지 단계로 생각하고 있었다.

오크들과의 교전, 엘프들의 참전, 그리고 드래곤의 등장.

첫 번째 상황은 이미 벌어진 일이고, 이제 두 번째 상황이 벌어지려 하고 있었다. 물론 아직 엘프들이 오크들과 합류했거나 어딘가를 공격한 것은 아니었다.

분명한 것은 생각보다 빠른 시점에 또 일이 벌어졌다는 것이었다. 점점 빨라지고 있다. 좋은 흐름만큼이나 나쁜 흐름도 빠르게 다가오고 있는 것이다.

복귀 당일 오후.

장시간 동안 이뤄진 용병단 내 회의에서는 우선 황명대로 앞으로 용병단의 대외 업무를 중단하고, 만약을 위한 대기 상태로 있는 것으로 결정이 났다.

연고나 뿌리가 없는 외인구단 형태의 용병단을 제외한다면, 대다수의 용병단들은 뿌리를 스페디스 제국에 두고 있기 때문에 우리와 비슷한 결정을 내릴 것이다.

그리고 단장 테노스는 조만간 카트리나 용병단과 공조하여 움직이게 될 가능성이 높다는 사실도 알렸다. 단순 공조가 아닌, 용병단 전체가 통합되어 움직일 가능성에 대한 이야기였다.

그 순간, 나는 아이린을 떠올렸다. 아이린은 카트리나의 용병단에 있다. 그녀는 전투의 최전방에 투입될 만큼의 A, S급 용병은 아니지만 기본적인 민간인 호위나 소규모 교전을 펼칠 만한 B급 용병은 된다고 했다.

어렸을 적부터 곱게 자라온 아이린이 그리 길지 않은 시간에 어떻게 빠르게 검술을 익혔는지는 여전히 의문이었다. 좋은 스승이 있다고 하더라도, 개인의 육체를 단련하고 검을 몸에 익히는 데에는 최소한의 절대 시간이라는 것이 필요하기 때문이다.

항시 대기 상태를 유지하라는 명령이 내려진 가운데, 나는 테노스에게 동의를 구하고 정보 길드로부터 수합된 엘프들에 대한 정보서를 훑어보기로 했다.

돌아가는 상황을 면밀히 볼 필요가 있었기 때문이다.

'엘프들이 처음부터 블랙 오크들과 협력할 마음을 먹었던 것은 아니었어. 예전에는 블랙 오크들이 제국 남부에 물난리를 일으켜서 무정부 상태로 만들어 버렸고, 그 사태를 수습하기 위해 대규모로 군대를 남하시킨 게 엘프를 자극하는 형태가 됐지. 하지만 지금은 아니야. 바보 같은 처신이긴 하지만, 적어도 군대는 움직이지 않았으니까. 엘프들도 아직 자극을 받을 만한 상황은 아니다.'

나는 여분으로 넉넉하게 만들어 두었던 지도에 다양하게 화살표를 그려가며 생각에 잠겼다.

일단 한 가지, 변하지 않을 사실은 있다. 블랙 오크들과의 전쟁은 피할 수 없다는 것이다.

그것은 내 몸, 그러니까 레논의 몸이 태어나기 전부터 이미 역사의 한 부분으로서 자리 잡고 있는 인간과 오크 사이의 대립의 역사가 가지고 있는 것으로 필연적인 부분이었다.

과거의 나는 다양한 시도를 했었고, 당연히 블랙 오크들을 설득해서 전쟁 발발 자체를 막아볼 생각도 했었다.

하지만 수십 년을 이어져 내려온 감정의 골은 말 몇 마디로 해결될 성질의 것이 아니었고, 오크들과의 전쟁은 마치 내가 환생했을 때 만신창이인 몸을 '늘 가졌던 것처럼', 항상 벌어졌다.

하지만 엘프들은 달랐다.

결과적으로 드래곤과 오크들의 꾀임에 넘어가 전쟁에 참전하기는 했지만, 그 강도는 때때로 달랐다.

물론 미래, 그러니까 결과가 달라지지 않았던 것은 최종적으로 인간들과 전면전을 벌인 드래곤을 막아내지 못했기 때문이다. 그래서 내가 수많은 삶을 반복하면서 최우선 과제이자 최대의 과제로 여겨왔던 것이 드래곤들을 능가할, 최소한 대등하게 싸울 수 있는 힘을 얻는 것이었다.

99번째 삶까지는 그것이 쉽지 않았다.

나는 삶을 반복할수록 더 강해졌지만, 항상 모자랐다. 그리고 99번째 삶에서 마지막 가능성을 확인했다. 하지만 중간 중간 상황에 대응하는 과정에서 평정심을 잃거나 무리를 했던 것이 나비효과가 되어, 마지막의 실패가 되었다.

이번 삶은 그 어떤 실수도 하고 싶지 않았고, 지금까지는 그래왔다. 그래서 '순탄하게' 진행되고 있는 오크와 인간들 사이의 전쟁의 역사만큼이나, 나 역시도 강해지고 있는 것이다.

마치 실시간 전략 게임을 하는 두 유저가 일정 시점까지는 서로를 공격하지 않기로 약속하고, 이후 상대를 공략할 자원과 기반 시설을 짓고 있는 상황과 똑같은 셈이었다.

아직까진 오크들도 움직이지 않고 있다.

그리고 엘프들도 방어적인 개념으로 병력을 전진시켰지만, 산과 국경을 넘은 것은 아니다.

물론 스페디스 제국의 입장에선 긴장할 수밖에 없는 소식이었다. 엘프들과는 오래 전부터 교류가 없었고, 엘프들이 오크들의 편에 선다고 해서 이상할 것이 전혀 없었기 때문이다. 당연히 인간들의 편에 설 가능성은 더더욱 없었다.

내게는 몇 가지 계획들이 있었다.

모든 상황의 흐름은 내가 기억하는 그대로 두되, 내가 더 빨리 강해질 수 있는 방법을 찾는 것. 혹은 그 흐름의 일부를 비틀어보는 것. 아니면 아예 과감하게 승부수를 던져 보는 것.

지금까지는 첫 번째 경우에 맞춰 삶을 살아왔다.

벌어지는 일을 애써 막으려 하지는 않되, 우기를 틈탄 블랙 오크들의 수공(水攻)은 막았다. 그것은 제국에 엄청난 피해를 입히기 때문이다.

그리고 그 과정에서 내 실리를 계속해서 챙겨왔다.

과거 오크들과 대규모 전면전이 발생했을 당시, 나는 6클래스의 마법사였다. 하지만 지금은 8클래스의 마법사로서 전혀 다른 모습으로 상황을 마주하고 있는 것이다.

이제는 변화가 필요해보였다.

흐름의 일부를 비틀어보는 것이다. 그리고 그 대상은 바로 제국을 긴장하게 만든 움직임의 주체, 엘프였다.

'엘프들의 땅으로 가야겠어. 내게는 그들이 알지 못하는 수많은 경험과 기억들이 있으니까.'

나는 결심을 내렸다.

어차피 벌어질 일의 연장선상이라면, 지금처럼 한 번 비틀어보는 것도 좋았다.

엘프만 이 거대한 전쟁의 소용돌이에서 빠지거나, 혹은 관망만 해주더라도 이야기는 완벽하게 달라진다.

1명의 엘프 전사들은 20명, 30명 이상의 오크 전사들보다 더 까다롭고 용맹하며, 지혜로웠다.

그들이 적이 되는 것보다는 최소한 '아무것도 아니게' 되는 것이 지금으로서는 최선의 선택지인 것이다.

*   *   *

출발하기 전, 나는 스크롤을 하나 만들었다. 바로 호출을 위한 소환 마법진이었다.

이 마법진은 예전에 메디우스가 내게 만들어주었던 마법진 스크롤이기도 하다. 이번에 만드라고라의 힘을 얻으면서 8클래스가 된 나는 평소에 만들어보고 싶었던 마법진 스크롤을 쉽게 제작할 수 있게 되었는데, 이 소환 마법진도 마찬가지였다.

마법진 스크롤 제작은 정교하게 마법진을 그려 넣는 것도 일이지만, 그 마법진에 일일이 마나를 부여하는 것이 가장 큰 작업이다. 그 과정에서 상당량의 마나가 소모되는데, 하위 클래스의 마법사가 마법진 제작에 애를 먹는 것은 이 때문이다.

충분한 양의 마나를 계속해서 불어넣어줘야 스크롤의 발동력이 유지가 되는데, 그렇게 되지 않으면 그려진 마법진의 마나의 흐름이 원만하지 않아 불량 스크롤이 되기도 하기 때문이다.

한 시간 정도를 집중해서 마나를 계속해서 불어넣으며 제작한 소환 마법진은 완성도가 높았다. 나는 이것을 테노스에게 전해주고 엘프들의 땅으로 가볼 요량이었다.

"어디로 간다고?"

"정탐을 나가볼까 합니다. 엘프들의 땅으로 말이죠. 동향을 잘 살펴두지 않으면, 나중에 위험해질 것 같습니다."

"이미 그건 중앙군에서 하고 있잖아?"

"믿을 사람이 따로 있지, 중앙군 소속의 정탐병들이라고 믿음이 가진 않습니다."

"으음… 무리하는 건 아닌가?"

테노스는 중앙군을 믿느니 차라리 지나가던 개를 믿겠다는 표정의 내 말에 동감했다. 그들은 허술하다. 흔적을 많이 남기고, 심지어는 적에게 발견되어 사살되기도 한다.

스페디스 제국이 총체적인 난국이라 불리는 것은 여러 곳에서 무너져 버린 군의 기강 때문이다. 정예라 할 수 있는 병력의 수가 극히 적었으며, 그런 정예 병력은 국가에 소속된 중앙군이 아닌 귀족들 개개인의 사병으로 존재해 있었다.

"엘프가 오크들과 합류해서 우리 제국을 공격한다면, 그때는 지난번의 게릴라전 수준으로 끝날 문제가 아니게 될 겁니다. 전면전이 벌어지면, 제국 남부가 불바다가 되는 건 하루면 충분합니다."

"자신 있나? 엘프들에 대한 정보는 오크들보다도 부족할 정도야. 그들은 레논, 네가 생각하는 그 이상의 전투 능력이나 고등 기술을 가지고 있을 수도 있어."

"그 정도 예상은 하고 있습니다. 그리고 만약을 대비해 이것을 드리고 갈 테니, 용병단에 일이 생기면 바로 호출해 주십시오. 최대한 빠르게 귀환하겠습니다."

나는 테노스에게 스크롤을 내밀었다.

테노스는 마법사는 아니었지만, 이런 쪽으로 충분한 지식은 있었다. 그는 스크롤을 보는 순간 소환 마법진임을 알아차렸는지 고개를 끄덕이는 모습이었다.

"레논."

"예?"

"그새 네게서 느껴지는 기운이 달라진 것 같군. 내 착각인가? 좀 더 강인한 기운이 느껴져."

"느낌 때문일 겁니다. 수염도 길렀고, 인상도 좀 더 사나워졌지요."

나는 능청스럽게 수염이 자란 코와 턱 언저리를 어루만졌다.

앞으로는 내게 일어난 마법적인 변화를 철저하게 숨길 생각이다. 물론 언젠가는 어떤 형태로든 7, 8클래스의 마법을 펼치게 될 것이고, 그때는 자연스럽게 공개가 될 터.

하지만 그 전까지는 내게 일어나는 변화를 굳이 알리진 않을 생각이었다.

나는 이미 상식으로 이해 가능한 선을 오래전에 뛰어 넘은 마법사다. 그리고 이번 만드라고라의 획득으로 인해, 더욱 그 경계를 넘어선 상태였다.

이 일은 언급되는 그 자체만으로도 사람들의 입방아에 오르내릴 가능성이 컸고, 그렇게 되면 자연스럽게 드래곤을 포함한 다른 존재들도 '나'에 대해 인식할 가능성이 컸다.

그건 그다지 기분 좋은 일이 아니다. 당연히 도움이 될 일도 아니다.

"레논. 너는 우리 용병단의 중요한 자산이다. 제국을 위한 충성심도 좋지만, 어디까지나 네 안전을 최우선으로 생각해라. 알겠지. 이건 용병단의 단장으로서 내리는 명령이자, 동료로서 건네는 부탁이기도 하다."

"예, 명심하겠습니다. 단장님."

"조용히 가봐. 필요한 정보들을 많이 얻어오길 기대하겠다."

"맡겨주십시오."

테노스에게 인사를 올린 나는 바로 용병단을 나섰다.

달조차 구름에 가려져 어두운 밤이었지만 이동에 크게 방해될 것은 없었다.

"음……?"

바로 그때.

웅성거리는 소리와 함께 용병단청 밖에서 이쪽으로 향하는 행렬이 있었다.

수가 상당했다. 이 시간에 이 정도의 움직임이 있을 만한 곳이 주변에는 없었다.

"카트리나 단장님, 다 온 것 같습니다."

"호호, 그러네. 테노스도 참 멋대가리가 없단 말이야. 미리 통보도 하고 움직인 마당에 마중은 나와야 되는 것 아니야?"

'카트리나.'

그제야 나는 어둠 속에서 얼굴과 목소리를 드러낸 상대의 정체를 파악할 수 있었다. 카트리나였다.

카트리나 용병단이 도착한 것이다.

용병단의 의뢰 업무가 중단되면서 오크들과의 전투에 대비할 필요가 생겼고, 상대적으로 단청의 건물이 작은 카트리나 용병단에서 직접 테노스 용병단으로 인원을 선별하여 온 것이다.

테노스 용병단은 용병단 중에서도 용병단청 건물이 매우 크기로 유명했다. 지금 카트리나의 뒤로 보이는 행렬이 용병단 내에 모두 들어온다 하더라도, 한 자리씩 차지하고 쉴 공간이 충분히 있기는 했다.

"인비저블."

나는 조용히 투명화 마법인 인비저블을 시전했다. 카트리나 용병단이 왔다면, 분명 아이린도 왔을 것이다. 그녀는 전투의 최전방에 설 수는 없겠지만, 최소한 격전지에서 적들을 상대할 B급 용병은 되었으니까.

　아니나 다를까, 용병단 행렬의 맨 뒤에 보이는 B급 용병들의 움직임 속에서 눈에 익은 한 여자를 볼 수 있었다.

　"아이린, 많이 무거워? 내가 들어줄까?"

　"아닙니다. 괜찮습니다. 걱정 마십시오."

　"많이 힘들어 보이는데?"

　"괜찮습니다. 이런 것으로 괜한 도움을 받고 싶진 않습니다."

　"참 독하단 말이야. 참으로 독해… 그래, 편할 대로 해."

　"예."

　예전에 보았던 그녀와는 전혀 다른 모습의 아이린이 보였다. 앞머리부터 쭉 뒤로 넘겨, 질끈 묶어버린 머리.

　백색이 아닌 구릿빛의 피부가 되어버린 외모. 마르고 근육 하나 없었던 가녀린 몸매에서 확 달라진 굴곡진 몸매에 날카로운 턱선까지.

　하나부터 열까지 과거의 아이린을 연상할 수 없을 만큼 달랐다. 과거의 아이린이 귀족가의 영애를 떠오르게 했다면, 지금의 그녀는 그야말로 여전사였다. 크리스티나를 떠올리게 할 정도였다.

그녀는 언뜻 보기에도 무거워 보이는 짐을 들고 있었는
데, 상당히 지친 모습이었다. B급 용병의 일이란게 그렇다.
S급, A급 용병들과 함께 이동하는 경우에는 온갖 허드렛일
과 무거운 짐들을 나르곤 한다. 이것은 용병단의 위계질서
와도 연관되는 것으로 불평불만을 해서는 안 된다.

아이린은 옆에 있는 다른 용병 동료가 도와주겠다고 하
고 있었지만, 한사코 거절했다. 그녀는 동료의 말대로 정말
독한 기운을 품고 있었다.

"여기가 테노스 용병단 맞는 겁니까?"

그녀가 확인하듯 동료에게 되물었다.

"당연하지. 이제 다 온 거야."

"그러면… 마법사 레논 님도 계시겠군요."

"그렇겠지? 레논 님은 왜?"

"아닙니다."

"……."

나는 시선을 돌렸다.

이래저래 아이린과는 피하고 싶어도 자꾸 꼬이는 운명이
있는 것 같았다. 지금 아이린과 굳이 만남의 시간을 가질
필요는 없다.

다만 엘프들의 땅을 다녀오고 나면, 그때는 아이린과 어

찌 되었건 부딪힐 수밖에 없을 것이다. 그것마저 피하고 싶지는 않았다.

대신 다녀오는 동안, 그녀와의 관계를 다시 한 번 정리할 만한 여지를 만들 필요는 있겠다는 생각이 들었다.

백 번, 아니 천 번을 생각해도 아이린과의 인연은 악연이다. 이것은 바뀔 수 없다. 바뀔 수 있다고 믿는 것 자체가 희망고문이나 다름없다.

과거의 삶에서 많은 변수들이 있었고, 변화가 있었던 만큼, 아이린에게도 종국에는 나에 대한 감정에 변화가 있을 것이라고 생각해 왔다. 하지만 아이린은 마치 처음부터 그렇게 계획된 것처럼, 항상 내게 좋지 않은 결과를 가져다주고는 했다. 설령 시작은 좋았더라도 항상 끝은 좋지 않았다.

그녀는 용병단의 생활 자체에는 완벽하게 적응한 것 같았다. 그녀의 외모에서는 강인함이 느껴졌다. 허투루 검을 잡은 것은 아니라는 이야기다.

"후우."

나도 모르게 한숨이 나왔다.

하지만 이내 그 한숨을 떨쳐내고, 심호흡으로 마음을 가다듬었다.

내가 가야 할 곳.

목적지는 엘프들의 땅, 아이로니아였다.

*   *   *

나는 야행에 알맞게 산을 타고 이동했다.

확실히 짧아진 텔레포트 캐스팅 시간과 대폭 향상된 이동 거리가 마음에 들었다. 비유를 하자면 연비도 나쁘고 내부도 작은 소형차를 타고 다니다가, 연비도 좋고 내부도 넉넉한 중형차를 타고 다니는 느낌이다.

나는 9클래스였을 때의 내 몸을 기억하고 있고, 그래서 항상 2% 아쉬운 느낌이 들었었다. 이는 지금도 마찬가지다. 당장에라도 마음을 먹으면 손끝에서 지옥의 불, 헬 파이어를 만들어낼 수 있을 것 같지만 아직은 아니다.

한 번의 텔레포트를 시전할 때마다 산 하나가 바뀌었다.

그 사이사이에 몇 개의 관문들과 산속에 위치한 성들이 있었지만, 텔레포트로 이동할 수 있는 물리적 거리는 이것들을 모두 무시할 만큼 길었다.

하이클래스의 마법사가 무서운 점은 바로 이것이다.

아무리 두터운 성벽과 방어선이 있어도, 이동 마법을 보유한 마법사에게는 무력하다. 물론 블링크나 단거리 텔레포트로는 이를 극복할 수 없지만, 8클래스 정도의 시점이 되면 이야기가 달라진다.

 그래서 각국이 그만큼 높은 클래스의 마법사를 우대하고, 어떻게든 자신들의 국가에 붙잡아 놓으려 하는 것이 그런 이유에서였다. 그래서 메디우스도 마법 학계의 기득권층에게 눈엣가시 같은 취급을 받으면서도 결국 스페디스 제국으로부터 특별한 대우를 받으며, 아카데미에서 강연을 하고 있는 것이다.

 그렇게 얼마 정도를 이동했을까.

 어둡고 검기만 한 야밤의 산행을 계속해서 이어가고 있던 나는 어느덧 문명의 흔적이 느껴지지 않는 곳에 다다라 있었다.

 북쪽으로는 스페디스 제국의 하늘이 보이고, 북동쪽으로는 자르가드로 향하는 산길이 열려 있다. 여기서 북서쪽으로 향하면 스페디스 제국의 남부, 그리고 모르고스 산맥으로 향하게 된다.

 아직까지는 남쪽으로 더 가야 했다.

 엘프들의 땅, 아이로니아와 자르가드, 스페디스 제국 사이에는 아무도 살지 않는 무인지대인 아르제니아가 존재했다.

 아이로니아는 축복이라는 엘프들의 단어고, 아르제니아는 죽음이라는 뜻이다. 이곳은 유달리 공기가 습하고, 독성을 가진 나무와 풀들이 많아 산을 타고 흐르는 물에도 독성이 있었다.

이곳만 지나면 엘프들의 땅으로 입성하게 된다.

나는 다시금 이동 루트를 점검했다.

여기서 굳이 엘프 전사들이나 엘프들이 사는 거주 지역을 일일이 지나갈 필요가 없었다.

나는 곧바로 엘프들의 지도자이자 왕이며, 신성한 존재로 불리는 푸른 눈의 엘프, 멜디르를 만날 생각이었다.

그리고.

그를 설득할 것이다.

인간과의 전쟁은 무의미하다는 것을.

"그리고 조각까지……."

아이거가 남긴 조각들 중 하나는 오크들의 왕 게우게스에게 나머지 하나는 엘프의 손에 있었다.

어떤 형태로 어떻게 엘프의 손에 쥐어져 있을지는 알 수 없지만, 이번 엘프들과의 만남에서 확실한 결과물을 도출해내고 싶었다.

최고의 시나리오는 엘프들의 참전을 막고, 더 나아가 그들이 가지고 있을 아이거의 조각을 손쉽게 손에 넣는 것이고.

최악의 시나리오는.

변하지 않는 미래와 다시 한 번 마주한 뒤, 그나마 소기의 목적도 달성하지 못하고 대륙 전체가 전쟁의 불바다로 변하는 과정을 시한폭탄 속 카운트다운을 보듯 마주하는 일일 터였다.

6장

엘프 로드, 멜디르

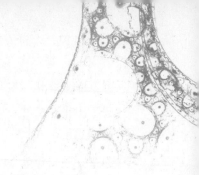

"문명의 경계란……."

산 정상에서 아래를 내려다보자 엘프들의 땅 아이로니아가 한눈에 들어왔다.

이제 막 동이 트고 있었다.

한밤중의 이동으로 약간의 피로감이 있기는 했지만, 졸리거나 피곤할 정도는 아니었다.

확실히 만드라고라를 먹은 이유로 마법적인 성취도 증가했지만, 그것보다 체력적으로 상당히 여유가 많아진 것이 마음에 들었다.

예전부터 항상 머릿속에 생각해 두던 것들은 있었다.

엘프들의 지도자, 멜디르를 설득하기 위해선 어떤 말이 가장 효과적일지를.

엘프들은 다양한 신을 섬긴다. 오크들이 무신론적 성향이 강한 것에 비해, 엘프들은 과거 인간들이 만들어낸 신의 영향을 받아서인지 자신들이 섬기는 신들이 다수 있었다.

이들 중에서 엘프들이 가장 으뜸으로 여기는 신은 미래를 꿰뚫어보는 제3의 눈을 가졌다는 예지의 신 아스트록스다.

엘프들은 불확실한 미래에 대한 답을 항상 원해왔고, 아스트록스가 신탁을 통해 미래에 대한 예언을 해준다고 믿곤 했다.

신에 대한 믿음이 모두가 그러하듯, 신탁이 늘 들어맞는 것은 아니었다.

하지만 그때마다 엘프들은 신과 신탁을 탓하는 것이 아니라, 자신들의 정성과 마음이 부족하다 여겨 더욱 신을 정성껏 모시고 신전을 지었다.

이런 성향은 아주 오래전부터 인간의 영향을 받은 것으로 지금은 엘프들이 이룩해 놓은 신학이 인간들의 것을 충분히 능가할 정도였다.

나는 엘프들과 바로 그 불확실한 '미래'에 대해 이야기
를 할 생각이었다.

물론 갑작스럽게 불쑥 찾아온 인간이 미래를 두고 이야
기를 한다면, 처음부터 곧이곧대로 믿을 존재는 별로 없을
것이다. 그것은 너무 당연하다.

하지만 나는 엘프들의 과거와 현재, 미래를 알고 있다.
과거의 삶에서 반복해서 얻은 경험과 기억들은 내게는 필
요한 자양분들이었고, 이는 엘프들과의 대화에서 쓰임새가
많은 경험들이었다.

"이제 어떻게 들어가느냐의 문제인데."

날이 빠르게 밝아오면서, 아름다운 아이로니아의 전경이
한눈에 들어온다.

예쁜 꽃들이 한데 어우러져 만들어진 총천연색의 길들이
보이고, 맑은 강물이 굽어 흐르면서 대지에 생기를 불어넣
어주고 있다.

연중 내내 우중충한 날씨에 언제든 비를 쏟아낼 것처럼
어두운 하늘이 오크들의 땅, 모르고스 산맥의 광경이라면
이곳은 정반대였다.

맑고, 푸르며, 모든 것이 평화롭다.

청명한 하늘은 기분 좋은 느낌이 들게 하고, 바람은 선선
하고 시원하다.

어디에 멜디르의 거처가 있을지는 짐작이 간다.

내가 확신이 아니라 짐작을 하는 것은 과거에 엘프들의 땅을 찾아왔을 때는 지금과 시기가 달랐기 때문이다. 멜디르는 조심스러운 인물이라 자신들의 거점 내에서도 한곳에만 머무르지 않았는데, 그래서 아이로니아 각지에 언제든 집무를 보고 종족 전체를 통제할 수 있는 시설을 갖추고 있었다.

나는 텔레포트를 이용해 단숨에 장거리를 이동하기로 했다.

엘프들의 국경에서부터 당당하게 모습을 드러내고, 멜디르와의 만남을 요구하는 것은 상황만 놓고 보면 정상적일지 모르겠지만, 실현 가능성이 낮았다.

어쨌든 엘프들의 군대가 북쪽으로 이동했다는 자체가 주변의 흘러가는 정세가 신경이 쓰였기 때문이고, 그 배경에는 인간들의 나라인 스페디스 제국과 마도국 자르가드가 있다.

그런 와중에 국경 지대에 갑자기 마법사 하나가 나타나 만남을 요구하면, 엘프들의 폐쇄적인 특성상 거절부터 당할 확률이 컸다.

그들로서는 아쉬울 게 없으니까.

차라리 이런저런 생각을 할 겨를이 없이 멜디르를 바로

마주하고, 단도직입적으로 이야기를 끌어나가는 게 좋았다.

그들의 폐쇄성이나 생각의 여부와 관계없이, 최소한 그를 즉각적으로 만날 수 있는 것이다.

물론 이것이 성사되지 않았을 경우.

즉, 멜디르가 나와의 만남 초반부터 내게 반감을 느끼고, 더 나아가 거부감을 가질 가능성도 존재했다.

하지만 나는 최악의 경우는 생각하지 않기로 했다.

이를 막을 수 있는 내 기억의 과거들이 있지 않던가.

"후우."

길게 심호흡을 하고, 나는 방향을 잡았다.

인간의 문명이 발전할수록 물리적으로 이동할 수 있는 거리가 멀어지고 그 시간이 짧아지듯, 마법사도 마찬가지다.

내 눈앞으로 수많은 산의 능선들과 길이 펼쳐져 있었지만, 이는 텔레포트 앞에서 아무런 장애가 되지 못했다.

휘이이이이ー

마나의 응집으로 인해 생겨나는 바람이 귓가에 일렁이면서, 거센 바람 소리가 들려오기 시작했다. 나는 더욱 정신을 집중했고, 주변의 모습들이 물에 젖어 녹아내리는 그림처럼 어지러이 뒤섞이기 시작했다.

체내의 마나가 순식간에 바닥을 드러낼 정도로 급격히 소진되고, 이내 주변의 모든 공간이 일그러져 형체조차 알 수 없게 되었을 즈음.

"......!"

이동할 지점의 주변 모습들이 머릿속을 스쳤다.

차가운 대리석으로 만들어진 어느 지면 위였다.

나는 바로 텔레포트를 시전했다.

파아아아아앗!

한 줄기 섬광이 하늘로 솟구치고.

눈부신 섬광에 내가 잠시 눈을 감았다 떴을 때, 나는 하늘 높이 솟아 있는 어느 신전 옆의 대로 위에 자리를 잡고 있었다.

아스트록스 신전.

엘프들이 모시는 신의 거처이자, 지도자의 집무실이기도 한 신전에 정확히 도착한 것이다.

*　　　*　　　*

향기가 났다.

엘프들은 오크들과 달리 청결함을 우선으로 하고, 모든 생활 풍습이나 양식이 깨끗함을 기반으로 하고 있어, 그들의 근거지라면 어디를 가도 항상 향기가 났다.

집 근처에는 짙은 장미향을 풍기는 꽃을 잔뜩 심었고, 그들은 향수와 비슷한 것을 몸에 뿌리고 다니거나 원료가 담긴 주머니를 몸에 넣고 다녔다.

그것은 당연히 신전도 예외일 수 없어서, 신전 옆을 따라 잔뜩 심어진 꽃에서 향긋한 내음이 물씬 풍겼다. 모르고스 산맥에서 쉴 새 없이 맡았던 악취와 비교하면, 정말 천상의 향기라고 해도 될 정도였다.

나는 뒤집어쓰고 있던 로브를 벗고, 빠르게 주변의 기척을 짚어보았다.

아직 이른 아침이라 그런지 바로 근처에서 기척이 느껴지진 않았다.

"음……?"

바로 그때.

등 뒤에서 갑자기 강하게 느껴지는 기운이 있었다. 방금 전까지만 해도 아무것도 느껴지지 않던 공간에서 불쑥 기운이 솟구쳐 나온 것이다.

나는 반사적으로 몸을 돌려 뒤를 살폈다.

"블링크!"

그 순간, 나는 바로 블링크를 시전해야 했다.

내 머리 한가운데를 노리고 날아오는 한 대의 화살이 있었기 때문이다.

순식간이었다.

어둠 속에서 하나의 점이었던 화살은 눈 깜짝할 사이에 내게 날아왔고, 나는 블링크로 아슬아슬하게 화살을 피할 수 있었다.

이것은 단순한 화살 공격이 아니었다.

화살 공격 자체에 마법의 힘이 실린 것으로 엘프들이 즐겨 쓰는 방법이기도 했다.

소위 마법 화살로 불리는 이것은 피격당했을 때 화살에 의한 상처가 남는 것도 문제지만, 피격과 동시에 화살에 내재되어 있는 마법 데미지가 그대로 온몸에 전달된다는 점이 위협적이었다.

만약 파이어 애로우라면, 상처 부위를 타고 열기가 뻗어져 나가며 광범위한 화상을 입게 되는 것이다.

이런 기본적인 마법을 이용한 화살 공격은 엘프족의 전사들이라면 대부분 할 수 있었다.

때로는 인챈트 식으로 강화 마법을 부여 화살 공격을 하기도 하는데, 이때는 아무리 중갑주라 하더라도 꿰뚫고 들어오기도 했다.

엘프는 여러 가지로 까다롭다. 고등 문명을 허투루 쌓아 온 것은 아니다.

"…이 땅에, 이 고결한 신전 위에 아무렇지 않게 발을 딛는 이방인이 있다니… 너무 놀란 나머지 놀란 기색을 하기도 민망할 지경이군. 어떻게 이곳까지 온 거지, 인간?"

"제대로 찾아온 것은 맞는 것 같군요."

"지금 이 상황이 얼마나 어색한 상황인지는 잘 알고 있겠지. 나는 우리의 수많은 경계선을 뛰어넘어 온 그대에게 놀라움과 흥미를 동시에 가지고 있지. 그리고 분노하고 있기도 해. 이건 엄청난 무례이다."

눈앞에 모습을 드러낸 상대는 다름 아닌 멜디르였다.

엘프들의 지도자인 것이다.

"무례를 용서하십시오. 무례를 무릅쓰고라도 반드시 이렇게 찾아와야 할 이유가 있었습니다."

나는 차분하게 말을 이었다.

하고자 하는 말도, 목적도, 이유도 정확히 인지하고 있다.

"결례의 차원을 지나서 인간들과의 전쟁으로도 이어질 수 있는 결례를 무릅쓸 만한 일이다?"

"그렇습니다."

나는 정중히 말을 받았다.

언뜻 외모만 놓고 보면 나와 멜디르는 친한 친구라고 해도 무색할 만큼 비슷해 보인다. 하지만 멜디르는 인간들의 계산법으로 나이를 계산하면, 올해로 백을 넘긴 고령의 엘프였다.

물론 내가 살아온 시간들을 생각하면 극히 일부에 불과한 시간이지만, 어쨌든 이 시점에서의 나이 차이는 80살에 가까운 것이다.

내가 당황한 기색 없이 차분하게 말을 받아서일까?

멜디르는 나의 말에 경청하는 듯한 모습을 보였다.

그는 이곳까지 들어온 나의 배짱과 마법적인 실력에 초점을 두고 있는 듯했다. 오히려 흥미가 가득해 보이는 눈빛이었다.

"묘하군. 왜 그대에게서는 빛과 어둠의 힘이 함께 느껴지는 거지? 인간, 아니, 그것은 엘프도 그럴 수 없어. 빛과 어둠은 낮과 밤처럼 공존할 수 없는데, 그대에게선 전혀 다른 기운이 느껴지는군."

"그럴 만한 이유가 있지 않겠습니까?"

멜디르는 예리했다.

그는 고결한 사람이고, 내게서 느껴지는 기운들을 아주 미세하고 민감한 부분까지 캐치할 수 있었다. 그래서인지 내가 흑마법과 백마법을 언제든 자유자재로 번갈아 쓸 수 있다는 것을 알고 있었다.

그의 말대로 상식적인 경우라면 마법사에게 양쪽의 힘이 모두 공존할 수는 없다. 불가능하고 비상식적인 일이다.

하지만 내게서 그는 양쪽의 힘이 공존하고 있다는 사실을 어렴풋이나마 느낀 것이다.

"아냐, 아니야··· 인간들은 위험해. 경계선을 아무렇지 않게 넘어올 수 있었다면 그대는 최소 8클래스 이상의 마법사··· 어떤 흑막을 가지고 이곳에 왔는지 나는 단정할 수 없다. 우리 엘프는 인간들의 욕망과 오판에 희생될 수 없어."

끼리리릭.

잠시 침묵에 잠겼던 멜디르가 활시위를 다시 내게로 당겼다.

바로 코앞의 거리.

피한다면 피할 수는 있다.

경우에 따라선 오히려 역으로 멜디르의 빈틈을 노릴 수도 있다.

하지만 나는 묵묵히 서서, 멜디르와 시선을 주고받았다. 그 역시 활시위를 당겼지만, 쏘지는 않았다. 마법 부여도 하지 않을 상태였다.

"머지않아, 어쩌면 이른 시일 안에 당신들은 중대한 제안

을 받게 될 것입니다. 다름 아닌 블랙 드래곤들에게서 말이
죠."

"블랙 드래곤?"

"그렇습니다. 그리고 이런 말을 전해 듣게 될 것입니다.
곧 인간과 블랙 오크들 사이에서 벌어질 전쟁에 참여해 달
라고. 원하는 모든 것을 보장해 줄 테니, 거리낌 없이 이 피
의 전쟁에 참여해 달라고 말입니다."

"……."

그 순간, 멜디르의 표정이 흙색으로 변했다.

예상은 했던 반응이지만, 예상 이상으로 일그러지는 표
정이 뭔가 심상치 않았다.

찰나의 순간에 나는 멜디르의 표정을 보며 판단했다.

그런 말을 듣게 될 것이라고 예측했다고 해서 변할 수 있
는 표정의 변화는 아니다.

그렇다면… 이미 블랙 드래곤에게서 그런 이야기가 온
것이다.

혹은 블랙 오크를 통해서 드래곤의 뜻을 전해 들었을지
도 모른다.

"그대는 인간들의 대표로 온 건가?"

"아닙니다. 그저 한 사람의 인간으로서 찾아온 것이죠.
제 말은 누구의 뜻도 대표하지 않지만, 바꿔 말하면 제게

하는 그 어떤 말도 다른 누구에게 전해지지 않습니다."

나는 힘을 주어 자신 있게 말했다.

멜디르가 무슨 이야기를 들었기에 표정이 변했는지에 대해서는 채근하지 않았다.

"그런데 블랙 오크를 통해서 드래곤이 내게 자신들의 뜻을 전할 것을 알고 있었다는 건가? 평범한 인간에 불과한 그대가? 도대체 왜⋯⋯?"

멜디르는 나를 인간들이 대표로 보낸 사신 정도로 생각했던 것 같았다.

그래서 처음에 나를 보고 위협적인 공격을 가했던 것이기도 한 모양이었다.

"엘프들에게 드리울 수 있는 어두운 미래에 대한 경고를 하기 위해 왔습니다. 강요를 하러 온 것은 아닙니다. 단지 지금의 선택이 미래에 어떠한 영향을 미칠지에 대한 말을 하고 싶었을 뿐입니다."

"⋯잠시 생각을 좀 하지."

멜디르는 적잖이 당황한 눈치였다.

블랙 드래곤이 전한 이야기를 인간이 알았을 것이라고는 생각지도 않았을 멜디르였다. 의도적으로 드래곤이 이 사실을 흘리지 않는 한, 내가 이 사실을 알고 있었으리라고는 상상조차 못했을 터.

멜디르의 생각도 이해가 갔다. 어차피 단숨에 대화를 끝내려고 온 자리는 아니다. 나는 여유 있게 기다릴 생각이었다.

멜디르는 잠시 나를 세워두고, 내 주변을 계속해서 돌고 움직이며 생각을 가다듬는 모습이었다.

그는 내게 꼬치꼬치 이것저것을 캐묻기보다는 자신이 대화를 하기 전, 스스로 머릿속을 정리하고 싶어 하는 것 같았다.

그렇게 좀 더 기다리자, 멜디르가 머릿속이 정리되었는지 나를 눈짓으로 신전의 어느 한 방향으로 가리켰다.

따라오라는 뜻이다.

"얘기를 들어보지."

"예, 알겠습니다."

나는 멜디르의 뒤를 조용히 따랐다.

그는 신중하고 냉정하며, 객관적인 사람이다. 감정에 치우쳐 블랙 드래곤의 제안을 덥석 물지도 않았을 것이고, 그래서 더욱 혼란스러울 것이다.

그가 과거 오크들의 편에 서서 전쟁에 참전하게 되는 것은 결국 인간들이 그만큼 믿음을 주지 못했기 때문이었다.

끊임없이 부패하고 타락하고, 더 이상 스스로를 제어할 수 없는 무가치한 존재라 생각했기 때문이다.

당시의 상황에서 인간들은 연합을 해서 드래곤과 대응하기에는 마도국과 신성제국 사이의 갈등도 깊었고, 스페디스 제국도 블랙 오크로 인해 발생한 물난리로 엉망이었다.

그래서 엘프는 최종적으로 고개를 돌렸고, 그 결과물이 전쟁 끝에 인류의 멸망이었던 것이다.

*　　　　*　　　　*

"어떻게 내가 블랙 드래곤들과 접촉했다는 것을 알았지? 이것은 우리 종족 내부에서도 아는 사람이 없어. 단순히 넘겨짚었다고 하기엔 시기적으로도 짧아. 우리 엘프족 안에 첩자가 있는 건가?"

"아닙니다, 그런 것은. 이 부분에 대해서 설명을 하기 위해서는 조금 많은 이야기가 필요할지도 모릅니다. 어쩌면 로드께서 믿지 않으실 수도 있습니다. 물론 그 부분에 대해 믿음을 드리기 위해서 더 많은 이야기를 필요로 하게 될 수도 있습니다만……."

나는 벌어질 미래, 그러기까지의 과정, 그리고 과정이 발생하기 전의 원인을 알고 있다.

지금처럼 시기의 차이는 존재한다.

내가 아이로니아를 방문한 것은 애초에 드래곤과의 접촉을 차단하기 위함이었지만, 막상 도착하니 일이 벌어져 버렸다.

그나마 다행인 것은 내가 알고 있던 과거와는 달리 블랙 드래곤이 직접 엘프와 접촉하지는 않았다는 것이다.

아직까지는 블랙 드래곤들도 엘프의 쓰임새에 대해서 셈을 하고 있는 중이었고, 그들이 과연 드래곤에게 협력할지에 대해 부정적인 의견을 가지고 있는 상황인 것이다.

여기서 한발 더 나아가게 되면, 그때는 엘프가 돌아서게 된다.

나에게는 잘된 상황이었다. 여유가 있었으니까.

"이야기가 짧고 길고는 내게는 상관없어. 나를 얼마만큼 납득시킬 수 있는가의 문제지. 그대는 누구인가? 신관? 사제? 예언가? 어떤 존재지? 그대는 마법을 써서 이곳으로 이동했을 것이고, 그렇다면 마법사일 텐데."

멜디르는 내가 미래를 '예견' 하는 직업군일 것이라 생각하는 것 같았다. 나는 천천히 고개를 저었다.

"마법사인 것은 맞지만, 미래를 예측하는 사람은 아닙니다. 굳이 정확하게 표현을 한다면, 미래를 '알고' 있는 사람이라고 하면 맞겠죠."

"……."

침묵. 예상했던 반응이 나왔다.

태연하게 '나는 미래를 알고 있습니다' 라고 이야기하는 상대의 말을 믿을 수 있는 경우는 흔치 않다.

나도 알고 있다. 한마디로 상대를 설득할 수 없다는 것도.

"내가 이런 말을 바로 믿을 수 있다고 생각하고 온 것은 아니라고 생각하는데."

"물론입니다. 그래서 저는 이 자리에서 제가 알고 있는 엘프들의 과거와 지금, 미래에 대해 말씀드릴 겁니다. 하나의 가감 없이 말이죠."

"들어보지."

촤르르르륵!

멜디르가 주변을 둘러보며 손짓을 하자, 그가 안내한 방의 창문에 젖혀져 있던 커튼이 일제히 원상 복귀됐다.

어두운 방 안에는 촛불 두 개만이 남아, 희미하게 불을 밝혔다.

"흠흠."

나는 다시금 목소리를 가다듬었다.

엘프들의 역사는 지극히 폐쇄적이다.

엘프라는 존재에 관심을 가진 인간은 많았지만, 그들의 내부 사정을 알고 있는 인간은 없었다.

그만큼 그동안 교류가 없었고, 엘프들도 자신들 내부에서 발생하는 일이 외부로 알려지기를 꺼렸기 때문이다.

인간이 만들어낸 수많은 문명이 그 안에서 갈등과 대립, 전쟁과 평화, 상생과 번영의 역사를 만들어냈듯이 엘프들의 역사도 별반 다를 것은 없었다.

하지만 이를 알고 있는 인간은 많지 않다. 아니, 엄밀하게 말하자면 없다.

내가 엘프들의 역사를 알고 있는 것은 전적으로 과거의 삶에서 가져온 기억들이 있기 때문이다. 오크, 엘프, 드래곤들의 역사와 그들이 살아온 지난날들에 대한 모든 기록들이 언젠가는 필요할 것이라 생각했고, 나는 모든 것을 외웠다.

설령 내가 설계했던 삶이 실패로 돌아가 죽음을 코앞에 두고 있었다고 하더라도, 훗날 다시 써먹을 수 있는 기억들을 머릿속에 남기기 위해 백방으로 뛰었다.

내가 살아온 지난 99번의 삶은 허투루 살았던 삶이 아니었다.

그래서 지금 더 의미가 있는 것이기도 하다.

"지금 제가 알고 있는 사실들을 말하는 것에 거부감을 느끼지는 않으셨으면 합니다. 로드를 자극하기 위해 꺼내는 말들이 아닙니다. 제가 이 모든 것을 알고 있다는 것에 대한 증명, 그 이유를 보여주기 위함입니다."

"민감하게 반응하지 않을 것임을 또한 약속하지."

"감사합니다. 그럼……."

멜디르의 허락이 떨어지고, 나는 내가 아는 엘프들의 모든 것을 천천히 털어놓기 시작했다.

심지어 내가 태어나기도 전에 벌어진 과거의 일부터 시작해 지금에 이르기까지.

말하는 것만으로도 몇 시간은 족히 걸리는 이른바 엘프들의 '연대기'에 대한 이야기들이었다.

로드인 멜디르나 사서(史書)를 쓰는 사가들이 아니라면 모두 꿰뚫고 있기조차 힘든 일들에 대해서였다.

*　　　　*　　　　*

"이건 놀랍군. 아니 가능하다면 부정하고 싶을 정도야. 그대는 어떻게 이렇게 수많은 우리 엘프들의 일들에 대해 알고 있고, 벌어질 일조차 알고 있는 거지? 그대의 말대로 우리는 인간들의 미래를 부정적으로 보고 있다. 개선의 여지? 점점 갈수록 없어지고 있다고 여기고 있다."

"맞습니다. 하지만 중요한 것은 그게 아닙니다. 블랙 오크들과 엘프들의 끝이 어떻게 되었는가의 문제입니다. 이것은 제가 미래를 알고 있고의 문제가 아니라, 가장 상식적인 문제이기도 합니다. 쓸모가 없어진 오크와 엘프들에게 드래곤들이 내릴 수 있는 결정은 무엇인가에 대한 이야기죠."

멜디르는 정말 모르는 것 빼고는 엘프들에 대해 다 알고 있는 나와의 대화에서 많은 것을 느꼈는지, 내가 미래를 알고 있다는 사실을 의심하지 않았다.

그가 인간이었다면 내가 수많은 삶을 반복해서 살아왔다는 사실을 믿지 않았을지도 모른다. 인간의 상식 구조에서는 아무리 생각해도 환생을 99번이나 해왔다는 사실을 믿을 수가 없다.

하지만 엘프인 멜디르는 달랐다.

그들은 인간보다 좀 더 고등한 문명에 대해 일찍 깨우친 존재들이었고, 시공간에 대한 연구를 하고 또 실제로 성공한 경험이 있는 것으로 알려진 드래곤들의 문명에 대한 인식도 있었다.

그래서 내가 환생한 마법사, 이른바 '환생 마법사'의 삶을 살고 있다는 것을 어느 정도 인지하고 받아들였다. 그 뒤에 숨겨진 이유나 원인을 애써 묻지도, 알려고 하지도 않 았다.

다만 내가 엘프들의 모든 것을 알고 있는 것만으로도 그 에게는 충분한 판단의 근거가 됐다.

그저 주워듣거나 사서를 훔쳐본 것 따위로 알았다고 하 기에는 로드인 멜디르 자신보다도 더 많은 것을 알고 있었 기 때문이다.

"하… 태연하게 아무렇지 않은 척하기가 쉽지는 않군. 이 용당하는 것을 알면서도 이용을 당해주는 가, 아니면 어리 석은 인간들을 믿는가에 대한 문제이니."

멜디르는 인간들에 대한 반감을 여지없이 드러냈다.

솔직하게 말하자면, 그런 취급을 당해도 싸다. 그럼에도 불구하고 내가 나서서 멜디르에게 인간들을 믿어달라고 하 는 이유는 결국 하나였다.

이 모든 갈등의 톱니바퀴에서 가장 큰 이득을 보고, 최후 의 승자가 되는 것은 블랙 오크도, 엘프도, 인간도 아닌 드 래곤이기 때문이다.

드래곤을 제외한 나머지는 그저 장기판 위에서 손을 따 라 움직이는 장기 말에 불과했다.

필요가 없어지면, 언제든 희생될 수 있는 존재인 것이 다.

"아직까지 공식적인 제안이 온 것은 아니다. 일종의 언질이라고 할 수 있겠지. 하지만… 설령 그대가 말한 미래의 모든 것이 사실이라 할지라도, 드래곤의 말에 정면으로 맞설 수는 없다. 그러기 위해서는 우리에게 그만한 힘이 있거나, 혹은 우리를 도와줄 지원 세력이 힘을 갖추고 있어야 해. 하지만 인간들 역시, 드래곤 앞에서는 여전히 무력한 존재일 뿐이다."

멜디르는 판단은 정확했다.

지금까지 내가 그에게 말했던 것은 드래곤에게 협력하지 말라는 제안이었을 뿐, 엘프에게 어떤 도움을 줄 수 있는가에 대한 이야기는 없었다.

이런 이야기는 협상이 될 수 없다.

엘프들이 잃는 것이 있다면, 그만큼 얻는 것이 있어야 했다.

혹은 최소한 얻을 수 있다는 믿음은 있어야 한다.

"그래서."

나는 짧게 말을 끊었다.

그러자 멜디르의 눈빛이 내게로 고정됐다.

준비한 이야기를 꺼낼 차례였다.

이곳에 온 또 다른 목적이기도 한, 아이거의 조각에 대해서.

그 조각은 내게 또 한 번의 변화를 만들어낼 수 있는 매개체임과 동시에 엘프들의 미래에 대한 믿음을 줄 물건이었기 때문이다.

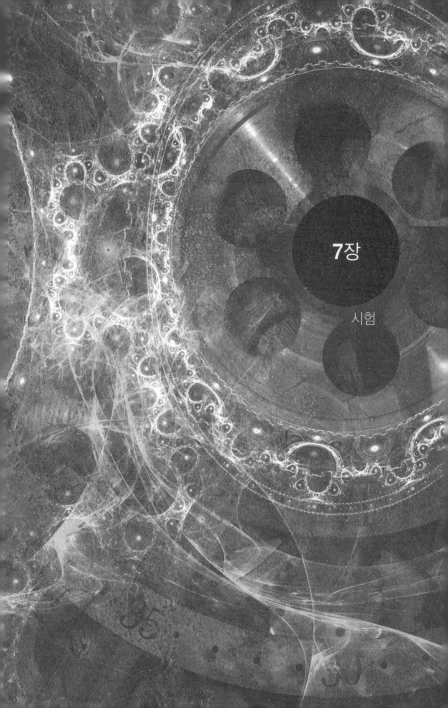

7장

시험

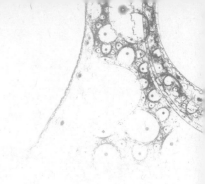

　"조각이라… 지하 석실에 보관하고 있는 유물을 말하는 것이겠군. 주인 없는, 고대의 어떤 마법사가 만들어낸 산물."

　"그렇습니다. 그것을 찾고 있습니다."

　"그 유물은 우리 엘프에게는 아무런 쓸모가 없는 그저 힘이 담긴 작은 근원에 불과했다. 원래는 레드 드래곤 카이스의 것이었지만, 그에게도 아무 가치가 없는 물건이라 버려졌지. 그것을 엘프족의 누군가가 주웠다. 물론 우리에게도 필요가 있는 유물은 아니었다. 특이할 뿐이었지. 하지만 가치가 있는 물건이라는 생각은 늘 하고 있었고, 이를 쉽게 얻지 못하도록 장치를 해두었다. 유물을 가져가기 위해서는 석실을 가득 채우고 있는 수많은 교란 장치를 지나가야만 하지."

"그것은 제게 꼭 필요한 힘의 근원이기도 합니다. 지금의 저를 더 강력하게 만들어줄 수 있는, 즉, 엘프들을 도울 수 있는 힘을 얻을 수 있는 근원입니다."

이제 남은 아이거의 조각은 총 두 개.

하나는 오크들의 왕 게우게스가 가지고 있고, 남은 하나가 멜드라가 있는 바로 이곳에 있다. 공통점은 이 두 가지 모두 두 존재들에게 직접적인 영향을 주고 있지 않다는 점이다.

만약 이 조각들이 게우게스와 멜디르의 힘을 보조해 주는 장치로 작용하고 있었다면, 당연히 그들은 내어줄 생각도 안 했을 것이다. 아니, 지금보다 훨씬 더 강력한 존재가 되어 있을지도 모른다.

하지만 게우게스나 멜디르 모두, 아이거의 조각에 대한 비하인드 스토리를 어렴풋이 알고만 있을 뿐, 이것이 직접적으로 누구에게 어떤 영향을 줄 수 있는지는 알지 못했다.

만드라고라와의 시너지 효과를 생각한다면, 두 개의 조각은 각각 나에게 9클래스로의 진입과 방대한 양의 마나를 제공할 가능성이 크다.

그 다음부터는 흑마법과 백마법을 조합하여 완벽한 9클래스의 마법을 컨트롤하고, 더 나아가 드래곤과 마주할 수 있는 마법 연구를 해야 했다.

마법 학계에서는 드래곤들의 마법적 수치를 9.5 클래스로 본다. 수치화된 숫자만 놓고 보면 0.5의 차이지만, 그 차이는 상당히 크다.

굳이 드래곤들의 마법을 10클래스, 즉 인간으로서 오를 수 있는 최고의 경지보다 한 단계 높게까지는 보지 않은 이유는 간단했다. 파훼법이 아예 없는 것이 아니기 때문이다.

때때로 디스펠이 먹히지 않는 시점이 발생하기도 한다. 정확하게 말하자면 디스펠 마법이 적용이 되지만, 100%의 효력을 발휘하지 못하는 경우가 있는 것이다.

그래서 9클래스 마법인 헬 파이어를 드래곤에게 시전했을 때, 디스펠을 시전하면 다소 약화된 형태로나마 공격이 성공하는 경우가 있었다. 과거의 기록에도 남아 있는 내용이다.

이것은 인간 마법사의 최대 경지와 드래곤이 이루어 낸 마법적 경지의 차이가 클래스 한 단계로 나뉠 수 있을 만큼 극명하게 갈리는 것은 아님을 뜻하고, 그래서 드래곤과 '해볼 만하다' 라고 생각할 수 있는 것이다.

게다가 내게는 남들과는 전혀 다른, 흑마법과 백마법의 공존한다는 특징이 있다. 그것은 지금 나를 제외한 그 어느 누구도 알지 못한다. 멜디르도 어렴풋이 짐작은 하고 있지만, 직접 두 눈으로 보지는 않았으니 예상만 할 것이다.

"그것을 내어주는 것은 어렵지 않다. 물론 스스로 석실에 설치된 수많은 시험을 통과해야 하고, 무사히 살아남을 수 있는 자격이 있는 자여야 겠지만… 그건 중요한 것이 아니다. 우리 종족에게 딱히 필요한 물건은 아니었으니까. 지금 내게 필요한 것은 그대가 내게 제시할 수 있는 미래다. 우리 엘프는 자주적으로 미래를 선택할 수 있고, 나는 그들의 지도자로서 당연히 그렇게 해야 할 의무가 있다. 우리는 드래곤에게 충성하는 하수인도 아니고, 인간들에게서 이득을 얻고자 하는 존재도 아니며, 오크들을 무조건적인 적으로 보는 원수도 아니다."

멜디르의 말은 날카로웠다.

그의 말은 틀린 것이 없었다.

지금 이런 상황이 어떤 영화나 소설 속의 한 장면이었다면 주인공, 그러니까 내 말에 큰 감동을 받으며 종족의 미래를 주인공에게 맡기는 '말도 안 되는 결단' 을 내렸을 것이다.

하지만 지금은 현실이다.

멜디르의 말은 정말로, 지극히 현실적인 것이었고 나는 그의 말에 어떤 반론도 할 수 없었다.

"저는 앞으로 벌어질 일들에 대해서 알고 있습니다. 왜, 어떻게 알게 되었는지는 앞서의 긴 이야기들이 충분히 설명이 되었을 것이라 생각합니다. 제가 이런 영겁의 삶을 반복해서 죽고, 다시 살아왔던 이유는 단 한 가지. 이 거대한 대륙이 전란의 소용돌이에 빠져, 드래곤을 제외한 모든 종족이 그 불길 속에 사라지는 참상을 막기 위해서입니다."

"그 조각은 과정 중 하나이다?"

"그렇습니다. 제가 인간으로서는 정말 어리고 젊은 나이에 지금과 같은 힘을 얻게 된 근원이기도 합니다. 과거의 삶이 제게 헛되었던 것은 아닙니다. 저는 가장 빠른 지름길을 알고 있습니다. 이번 삶에서 또다시 드래곤이 대륙 전체를 불길로 물들이는 일은 없게 할 것입니다. 그 선봉에 바로 제가 서 있을 것입니다."

나는 차분하게 이야기를 풀어 놓았다. 물론 모든 말이 진실 그대로는 아니다.

엄밀하게 말하자면 '그'가 원하는 나의 최후, 그러니까 드래곤을 넘어서는 절대자로서의 나를 만들어가기 위한 과정이다. 하지만 지금까지 99번의 삶을 실패로 만든 이유가 그러했듯이, 결국 드래곤은 내가 넘어야 할 큰 산이었다. 99번의 실패는 드래곤을 만나기도 전에 끝났거나, 최종적으로는 드래곤에 의해 무산된 결과물이었다.

지금 내가 멜디르에게 하고 있는 말에는 거짓도 있는 것이 사실이지만, 죄책감을 갖고 싶지는 않았다. 결과적으로 엘프든 오크든 드래곤들에게 이용당하며 몰락의 길을 걷는 것은 진실이었으니까.

내가 9클래스에 진입하게 되면, 대륙에 9클래스를 달성한 마법사는 총 두 명이 된다. 바로 스승 메디우스와 나다.

9클래스의 마법사 둘이 어떤 일을 해낼 수 있는지 간략하게 정리한다면 다음과 같다.

첫째, 아직 유년기 시절을 보내고 있는 헤츨링 수준의 드래곤들은 협공으로 제거할 수 있다. 즉, 드래곤들이 자신의 보물만큼이나 애지중지하는 어린 헤츨링들을 제거하고, 그들을 혼란스럽게 만들 수 있다.

둘째, 대단위 광역 공격 마법을 이용해 드래곤들의 터전인 레어를 타격할 수도 있다. 드래곤들은 태생적으로 자신들의 터전 밖으로 나가는 것을 꺼리며, 그만큼 거주 공간을 중요시한다. 이는 그들의 심기를 어지럽히고, 또한 귀찮게 만들 수 있다.

셋째, 드래곤들을 상대로도 대등한 전투를 펼칠 수 있다.

물론 수가 동등할 경우의 이야기다. 물론 대등한 가운데 '열세'가 되겠지만, 맞설 수 있다는 자체로도 고무적인 일이다.

게다가 여기에 마스터급의 경지에 이른 기사들의 오러 블레이드를 이용한 공격이 추가된다면, 그때는 조직적으로 드래곤을 상대하는 것도 가능해진다.

드래곤은 오크들처럼 엄청난 수가 군단을 이루어 움직이는 존재들이 아니다. 분명 무서운 존재이기는 하지만, 그것이 '수' 때문은 아닌 것이다.

"그러면 이렇게 하지."

멜디르가 어떤 제안을 하려는 듯, 반짝이는 눈빛으로 내게 말을 걸었다. 나는 그의 말을 경청했다.

"그대가 힘을 얻는다면, 그리고 그대의 말대로 9클래스의 경지에 오를 수 있다면……."

"예."

"이곳을 우리 엘프에게 되찾아줄 수 있겠나? 이곳 말이야."

멜디르가 회의실 안에 있던 지도의 한쪽을 가리켰다.

엘프들의 땅, 아이로니아의 남서쪽에 위치한 분지 지대.

저곳은 블랙 오크와 엘프들의 중간 지점에 위치한 곳으로, 지금은 블랙 오크의 영역이었다.

과거로 시선을 돌려보면 원래는 엘프들의 땅이었지만, 엘프족 내에서 있었던 세력 다툼으로 인해 내전(內戰)이 발생하면서 관리가 소홀해졌고, 그 틈을 타 떠돌며 살던 블랙 오크 일부가 정착하면서 지금은 그들의 영역처럼 변해 버린 곳이었다.

엘프들은 몇 차례 블랙 오크들에게 분지의 반환을 요구했지만, 당연히 대화는 통하지 않았다. 그렇다고 해서 이 땅 하나만 놓고 전쟁을 벌이기에는 부담스러운 부분이 있었기 때문에 그렇게 방치해 놓고 보내온 시간이 벌써 수십 년이었다.

쉽게 말하자면 손대지 않고 코를 풀겠다는 얘기다.

혹은 지난 과거에 대한 복수를 내 손을 빌려 하겠다는 것일지도 모른다. 그게 아니라면! 이런 부탁을 통해서 내가 멜디르에게 이야기 했던 '협력'의 진의를 파악하고자 하는 것일 수도 있다.

거절할 이유가 없었다.

오크들은 어차피 마주해야 할 적이다. 그것은 변함이 없다.

내가 여기서 오크들의 원망을 좀 더 산다고 해서 문제될 것도 없다.

"그렇게 하지요."

나는 멜디르의 제안을 받아들였다.

"내려가라. 바로 그대가 발을 딛고 서 있는 그 자리가 지하의 거대한 석실로 가는 첫 시작점이니까."

딸깍.

그 순간, 발끝에 걸리는 묘한 이질감에 나는 아래를 내려다보았다.

평범한 지면처럼 보였던 바닥에는 손가락을 살짝 넣어서 돌릴 수 있도록 만들어진 아주 작은 장치가 있었다.

"제 말에 대한 믿음, 신뢰가 실망이 되지 않도록 할 것입니다. 믿어주십시오."

"그건 앞으로 판단해야 할 일이겠지. 그 시험, 쉽지 않을 것이다. 우리 엘프들이 만들어낸 수많은 노력의 산물이니 말이야. 이 정도 함정도 통과 못 할 존재라면 유물을 가져 갈 자격조차 없는 것이겠지. 그러면 난 그대를 믿을 이유도 없으며, 기대를 가져 볼 이유도 없다."

"그 정도 각오는 하고 있습니다."

나는 고개를 끄덕였다.

정신 교란이다.

지하, 그리고 석실.

아마도 내부에는 마법진으로 이루어진 다양한 교란 장치가 있을 것이다. 함정 마법진이나 물리적으로 설계된 함정들은 워낙에 많이 경험했기에, 대응이 어려울 것 같진 않다.

다만 '시험'이라 불리는 정신을 교란시키는 마법진은 이야기가 다르다. 교란을 만들어내는 근원인 마나석이 얼마나 많은 양의 마나를 포함하고 있고, 그 깊이가 심후하냐에 따라서 파훼에 애를 먹을 수도 있다.

파훼라는 것은 결국 다른 것이 아니라, 교란 상태에서 일어나는 심리적 또는 육체적인 변화에 빠르게 대응할 수 있느냐의 문제다.

물론 내게는 도움이 될 만한 과거의 경험들이 있다.

어차피 엘프들에게도 쓸모가 없던 아이거의 조각이다. 이 시험을 잘 통과한다면 조각도 손에 넣을 수 있고, 더 나아가 멜디르와의 관계도 원만히 지속할 수 있을 터.

망설일 필요가 없었다.

드르르륵.

지하로 향하는 문을 열자, 자연스럽게 계단의 모습이 드러났다. 멜디르는 호기심에 찬 표정으로 나를 바라보았다.

자신들의 종족이 만들어낸 마법 공학의 산물.

그 시험을 잘 통과할지에 대한 궁금증이자, 한편으로는 내심 실패하기를 바라기도 하는… 그런 묘한 감정의 교차로 내 눈에 보였다.

엘프들이 인간들과의 전쟁에 참여하는가, 그렇지 않은가
는 앞으로의 판도에 상당한 변화를 가져올 것이다.

나는 이번 일을 반드시 성사시킬 생각이었다.

그래야만 했다.

승부수는 통했을 때, 의미가 있는 것이니까.

따각. 따각.

문을 열고 아래로 내려가는 계단을 차례대로 밟는 동안,
아주 차가운 소리가 계단을 타고 올라왔다. 내 발소리였다.

"후우."

약간의 긴장감은 있다.

과거에 한 번이라도 경험해 본 일을 반복하는 것이라면
보통 집중은 하되 긴장은 하지 않으며, 마인드 컨트롤을 충
분히 할 수 있지만, 이번처럼 처음 겪는 일에 대해서는 나
도 예측이 불가능한 만큼 초연할 수는 없었다.

철커덩.

위의 문이 닫혔다.

저절로 닫혔는지, 멜디르가 닫았는지는 알 수 없지만 문
이 닫히니 내부의 은은한 불빛을 제외하고는 아무것도 남
지 않게 되었다.

나는 라이트 마법을 이용해 충분히 주변을 환하게 비추

고는 나선형으로 난 계단을 따라 계속해서 걸었다.

계단은 생각보다 길었고, 정말 지하 깊숙한 곳까지 이어져 있는 것 같았다.

"……."

하지만 어느 순간부터인가 이상한 느낌을 받은 나는 자리에서 멈춰 섰다. 계단이 아무리 길게 나 있다고 쳐도, 지하로 이어지는 공간을 마냥 이렇게 길게 뚫는 것은 쉽지 않은 일.

"교란이군. 정말 자연스럽게 걸려들었어."

마법진을 이용한 정신 교란 마법진.

정말 한 치의 오차도 없이 복사해서 붙여 넣은 것처럼 이어지는 계단의 향연이 그 증거였다. 아마 여기서 조금 더 계단을 따라 내려간다면, 그때는 아무것도 없는 낭떠러지 아래로 떨어지게 되거나 혹은 더 깊은 교란에 빠져들어 길을 헤매게 될 것이다.

나는 집중하고 체내의 마나를 빠르게 회전시키며, 계속해서 정화 마법인 클린을 내게 걸었다. 순간 빠르게 올라가던 심장 박동의 호흡도 안정시켰다.

그러자 서서히 아래로 쭉 이어져 있던 계단의 모습이 사라지기 시작하더니, 이내 원래의 석실 속 모습이 드러났다.

"역시……."

그제야 보였다. 계단의 끝에서 뚝 끊겨 버린 길.

그 길 아래로는 구덩이가 있었는데, 라이트 마법의 광원을 이용해 비춰보니 날카로운 가시들이 솟아 있었다. 아마 조금만 더 걸어갔더라면, 구덩이 아래로 떨어져 깊은 상처를 입었을 것이다.

"입구에서부터 설치했을 것이라고는 생각도 못 했는데."

나는 고개를 끄덕였다.

이 교란 마법진은 내가 문을 열고 첫발을 내딛는 시점부터 발동되어 있었다. 그래서 내가 감쪽같이 속은 것이다.

하지만 이제는 클린 마법을 상시 유지하며 몸을 보호하고 있었고, 석실 안에 존재한 다양한 정신 교란을 위한 마법진 장치들이 한눈에 보이기 시작했다.

"정리를 좀 해볼까?"

나는 석실의 벽 위로 손을 얹었다.

눈으로 보이는 가시적인 것은 아니지만… 느껴진다. 석실의 벽을 따라 꼼꼼하게 새겨져 있는 수많은 교란 마법진들의 흔적이.

샤아아아아…….

손끝을 타고 마나의 기운이 빠져나오며, 그대로 마법진의 흐름을 타고 마나가 흘러들어가기 시작했다. 백마법을 기반으로 만들어진 이 교란 마법진들을 무력화시키는 가장 빠른 방법은 정반대의 성격을 마나로 잠식하는 것이었다.

내게는 빛의 마나뿐만이 아니라, 어둠의 마나를 컨트롤할 수 있는 힘이 있다. 그것은 남들과는 비교할 수 없는 엄청난 강점이었고, 마법진의 파훼에도 효과적이었다.

치지지지직. 치직. 치직.

다소 기분 나쁜 소리와 함께 벽에서 붉은 빛이 일었다가 사라지리를 반복했다. 어떤 구간에서는 어둠의 마나가 제대로 밀려들어 가지 않고 잠시 저항을 받는 듯한 모습도 보였지만, 이내 밀물에 사라지는 백사장을 보듯 마법진은 빠르게 잠식되어 갔다.

그렇게 제거 작업을 벌이기를 약 5분여.

마나의 흐름을 최대한 뻗어낼 수 있는 부분까지 뻗어냈고, 그 범위까지의 마법진은 모두 해체됐다. 정확히 말하자면, 이제는 이 마법진들은 역으로 내가 이용할 수 있게 바뀌었다.

내게는 그 어떤 교란 효과도 주지 못하지만, 되려 다른 존재가 이곳을 방문하게 된다면 이 마법진의 교란 효과를 역으로 받게 될 것이다.

이제 입구에서 나를 귀찮게 하는 것들은 사라졌다. 나는 석실 안으로 쭉 펼쳐져 있는 길을 따라, 다시 발걸음을 움직이기 시작했다.

사실 이 석실 안에 구축되어 있는 교란 마법진들은 절대 만만한 것이 아니었다. 내가 만약 6클래스의 마법사였을 때의 힘과 능력으로 이 안으로 들어왔다면, 설령 교란 마법진의 존재를 알았더라도 파훼를 하지 못했을 것이다.

지금 이 석실 안으로 구성하고 있는 교란 마법진들은 클래스로 따지자면 7.5클래스 정도 되는 정도의 마법진으로 구성되어 있었다. 어지간한 인간이라면 제대로 발걸음조차 할 수 없는 구역인 것이다.

만약 마법진보다 클래스가 낮은 마법사가 이 마법진을 안전하게 통과하려면, 오랜 시간을 들여 교란 마법진을 하나하나 안정적으로 제거하면서 이동해야 했다.

정말 폭발물을 선 하나하나 단위로 분해하여 해체하는 식으로 가야 하는 것이다.

교란 마법진이라는 것이 제작자 입장에서는 구축에만 적게는 며칠에서 많게는 몇 달이 걸리는 작업을 해야 하기 때문에, 이 석실의 마법진을 고안한 사람은 적어도 1년에서 2년 이상을 이 장치만 개발하는 데 모든 능력을 집중했을 것이 분명해 보였다.

교란 마법진이 배치된 공간을 통과하고 나자, 이번에는 직접적으로 물리적 피해를 입힐 수 있는 트랩이 설치된 구간이 나타났다.

이를테면 반드시 통과해야 하는 어느 길목이 있을 때, 어떤 발판을 밟아야만 트랩이 발동되지 않고, 잘못해서 어떤 발판을 밟았을 경우에는 트랩이 발동하는⋯ 가장 고전적이지만 패턴을 이해하지 못하면 어려운 구간들이 있었다.

하지만 나는 이런 트랩들에 대한 공부도 과거의 경험으로 충분히 인식이 되어 있는 상태였다. 이것들을 설계하기 위해서는 필연적으로 손을 댈 수 없는 발판들이 반드시 존재하고, 그 발판들이 바로 안전 발판이었다.

"이걸 아무것도 모르는 사람이 들어온다면, 살아서 나가기는 글렀다고 봐야겠지. 역시 엘프들의 마법학도 무시할 수 있는 수준이 아냐. 그들 나름대로의 깊이가 있어."

제3자가 무난하게 이 함정들을 지나가는 내 모습을 보았다면, 도대체 여기가 왜 위험한 공간인가 싶을 것이다. 하지만 나는 느낄 수 있었다.

지금 이 석실 속의 함정들은 정말 정교하게 제작된 것들이다. 마법사들 사이에서는 하이클래스의 마법사로 불리는 6클래스, 아니 7클래스의 마법사들이 오더라도 쉽게 통과할 수 있는 함정들은 없었다.

특히 입구에 집중 배치되어 있는 교란 마법진은 경우에 따라서는 정말 백치(白痴)가 되어야만 빠져나갈 수 있을 그런 느낌이었다.

그렇게 몇 개의 트랩들을 피해 넘어가고.

미로처럼 얽히고설킨 길을 따라 움직이기를 십 분여.

복잡하고 어지러웠던 길의 흐름이 끝나고, 다시 탁 트인 길이 눈에 들어왔다. 그리고 드디어 기다리고 있던 것이 눈에 보이기 시작했다.

"저기에… 조각이 있었군."

50m 정도의 거리를 두고 길게 난 통로.

그 통로의 끝에는 원형으로 만들어진 큰 방, 홀이 있었는데 그 가운데에 유리관으로 만들어진 보관함이 보였다. 그 보관함 속에는 고급스러워 보이는 비단을 밑판으로 두고, 위에 작은 조각 같은 것이 있었다.

—제대로 찾아온 것 같군. 후우, 세월의 흐름이 흐르고 흘러 이 자리까지 내 흔적들이 왔단 말인가? 후후, 재밌군 재밌어. 하하하하하.

이 모든 상황을 확정해 주는 한마디.

아이거의 목소리가 들린다.

내가 원했던, 그리고 아이거가 다시 찾길 원했던 세 개의 조각 중 하나는 얻었다. 그리고 하나는 오크들의 왕 게우게스의 손에 있고, 나머지 하나가 바로 눈앞에 있는 것이다.

"그냥 갈 수 있을 리는 없겠지."

여기까지 다양한 교란 마법진과 트랩을 피해서 온 거리.

마지막 통로가 조용히 지날 리는 없겠다는 생각이 들었다.

"딱히 신경 쓰이는 마법진은 없는데……."

자세히 주변을 둘러보니 마법진이 보이기는 했다.

하지만 충분히 파훼가 가능한 낮은 클래스의 알람 마법진들이었고, 나는 벽에다 손을 댄 채로 어둠의 마나를 주입시켜 앞서와 같이 마법진을 해체했다.

물리적인 피해를 입힐 수 있는 트랩도 보이지 않았다.

앞서의 장치들에 힘을 잔뜩 주었기 때문일까? 오히려 이곳에는 별다른 위험 요소들이 없는 느낌이었다.

방심을 유도하는 것일 수도 있었다. 나는 좀 더 면밀히, 그리고 아주 자세히 살펴봤지만 아무것도 없었다.

"그렇다면."

어느 정도 확신이 선 나는 성큼성큼 발을 내딛었다.

통로를 따라 걸었고, 이내 거대한 홀 안으로 들어섰다.

아무 일도 벌어지지 않았다. 방금 전까지 했던 걱정이나 의심들이 기우에 불과하다는 듯이.

─어서 찾아가자. 이제 이것만 손에 넣으면 남는 조각은 하나다. 네가 원하는 그림이 그려지는 것이다.

아이거의 목소리는 떨리고 있었다.

자기 자신이 만들어낸 힘의 조각들을 마주하는 느낌은 어떤 것일까?

나조차도 짐작할 수 없는 느낌이다. 스스로 자신의 힘을 봉인시키고, 세상에서 사라져 버린 미치광이 마법사의 머릿속을 쉽게 이해할 수는 없다.

자연스럽게 유리관으로 손이 갔다.

유리관 자체에는 어떤 마법도 걸려 있지 않았다.

시이이잉.

유리 특유의 소리를 내며, 자연스럽게 유리관이 내 손을 따라 빠져나왔다. 그러자 아이거의 조각이 모습을 드러냈다.

가공되지 않은 원석 형태 그대로 있는 조각은 정말 누군가의 손을 최소한으로 거친 게 확실해 보일 정도로 깨끗했다.

―아무도 관심을 가지지 않은 건가? 아니면 관심은 있었어도 쓸 필요를 못 느낀 건가.

"드래곤이나 엘프에게는 네 조각은 아무 쓸모가 없어. 비유를 하자면 쓸 수 없는 힘이 담긴 마나석 정도로 생각하면 되겠지."

―감개무량하군.

내 감정도 아이거와 비슷했다.

이제 정해진 절차에 따라 조각 속의 봉인을 해제하는 과정을 거치면, 자연스럽게 이 안에 담긴 힘도 내게 흡수

된다.

꾸욱.

나는 망설임 없이 아이거의 조각을 움켜쥐었다.

파아앗!

그 순간, 한 줄기 섬광이 조각의 표면에서 터져 나왔다.

바로 그때.

갑자기 홀 안에서 거대한 마나의 일렁임이 순식간에 일어나기 시작했다. 내벽을 둘러싸고 있던 벽돌들 사이로 푸른빛이 새어 나오기 시작했고, 이것은 이내 거대한 하나의 그림으로 변해가듯 선이 만들어졌다.

"설마······."

거울을 볼 수는 없었지만, 아마 내 모습을 볼 수 있었다면 그 표정은 분명 흙빛이 된 표정이었을 것이다.

나는 홀 전체가 거대한 마법진으로 변해가는 과정을 보며, 그제야 직감할 수 있었다. 홀이 그야말로 하나의 일체화된 마법진 속의 공간이었던 것이다.

그것도 마법사들을 가장 까다롭게 만드는 교란 마법진의 공간이었다. 이미 발동이 됐고, 내가 그 안에 말려든 상황이라 파훼를 할 방법은 없었다.

이렇게 되면, 이미 교란이 이루어진 것이나 다름없었다.

나는 멜디르가 자신 있게 석실 안으로 나를 들여보냈던

배짱, 그리고 엘프들의 이러한 기술에 감탄하는 한편, 과연 어떤 존재가 교란 마법진을 통해 내 앞에 나타날지 궁금해졌다.

그리고.

"…까다롭게 됐군."

─이게 네가 가장 두려워하는 존재인가 보군.

정면에서 스물스물 피어오르기 시작한 안개가 이내 나에게만 보이는 환상을 만들어냈다.

그것은 바로 블랙 드래곤 라키시스의 형상이었다.

8장

계속되는 성장

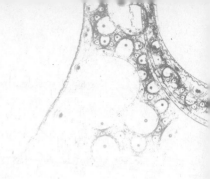

라키시스.

내가 이 이름을 잊을 수 없는 것은 삶의 마지막, 그 끝에서 번번이 내게 실패를 안겨주었던 주인공이 바로 블랙 드래곤 라키시스였기 때문이다.

내 지난날의 삶들은 매번이 투쟁의 연속이었다.

초창기의 삶은 몹쓸 병에 걸린 몸을 회복하기 위한 생존과의 투쟁이었고, 그 이후로는 목표를 위한 투쟁, 더 나아가 '그'와의 약속을 달성하고 원래 살던 곳으로 되돌아가기 위한 투쟁이었다.

그렇게 삶의 목표, 목적이 올라가기 시작하면서 나는 다양한 적수들을 만났다.

처음에는 고향 키리아트 마을을 소속 영지로 가지고 있는 토키 백작이 적이 됐다. 그때는 토키 백작과 지금처럼 원만하게 접근하는 법을 몰랐고, 그는 번번이 내 발목을 잡았다.

그 다음에는 친구 카터의 상단을 견제하고 심지어는 암살 시도도 서슴지 않았던 칼로크 상단이 적이 됐다. 그 과정에서 나는 의도치 않게 분쟁에 휘말렸고, 다양한 인맥을 두고 있는 칼로크는 자신의 인맥을 이용해 나와 카터를 죽였다.

이렇듯 계속 내가 접하는 세상이 넓어지면서 그만큼 적수의 수준도 높아졌다.

메디우스도 지금은 스승이지만 적으로 나와 맞섰던 적도 있었다. 물론 승자는 메디우스였다. 그때의 나는 완전하지 않았기 때문이다.

그렇게 삶을 수십 번 반복하면서, 언제부터인가는 정형화된 루트가 생겨났다.

최대한 적수를 줄이면서 나의 성장을 빠르게 유도하고, 주변 인물들과 껄끄러운 관계를 만드는 것을 줄일 수 있는 방법을 체득했던 것이다.

그 뒤로는 과거에 적들로 마주했던 대부분의 인물들과는 적이 되지 않았다.

아주 친근한 동료가 되거나 조력자가 되었고, 혹은 관계가 없는 사람이 되었다. 인연 자체를 만들지 않았기 때문이다.

그러면서 내가 활동하는 무대는 더욱 넓어졌다.

마을에서 영지로, 영지에서 용병단으로, 용병단을 통해 제국으로, 그리고 제국을 통해 대륙 전체로.

그 과정에서 새로이 나의 적수로 등장하기 시작한 것이 바로 드래곤이었다.

인간 마법사로서 오를 수 있는 최고의 정점에 오르더라도, 그 다음인 드래곤이 항상 문제였다. 드래곤은 처음에는 넘을 수 없는 장벽과도 같아서, 소위 '끔살'을 당하는 경우도 많았다.

탐사 차원에서 드래곤들의 영역으로 들어갔다가, 그대로 발각되어 제대로 싸워보지도 못하고 죽임을 당했던 것이다.

그 당시에도 지금과 같은 8클래스의 마법사였지만, 드래곤의 공격 앞에서 나는 무기력했다.

그렇게 드래곤과의 투쟁이 시작됐고, 나에게 번번이 좌절을 안겨주었던 것이 블랙 드래곤 로드 라키시스였다.

그는 대륙을 불바다로 만들기 위해 블랙 오크와 엘프들을 뒤에서 조종했고, 심지어는 인간들 사이에도 이간질을 시켰다.

드래곤 특유의 보물들과 그들이 줄 수 있는 능력을 이용해, 실력 있는 기사나 마법사들을 회유했던 것이다.

모든 인간들, 그리고 엘프와 오크들은 철저하게 라키시스의 손에 이용당했다.

장기 말처럼 움직인 세 종족은 자신들이 이용당하고 있다는 사실을 인지하지 못했고, 종국에 가서는 모두가 망했다.

나 역시 라키시스와 벌인 최후의 혈투에서 늘 죽음을 맞이했고, 그렇게 반복한 삶이 흐르고 흘러 지금의 100번째 삶이 되었다.

"후후."

환영으로 나타난 라키시스는 나를 바라보며 웃고 있었다.

라키시스는 거대한 드래곤의 본체보다는 인간의 모습으로 폴리모프한 상태로의 전투를 즐겼는데, 모습만 인간의 것이지 브레스와 같은 용언 마법을 얼마든지 구사할 수 있는 신체였다.

라키시스의 모습은 내가 기억하고 있는 이미지, 그러니

까 귀족가의 곱게 자란 귀공자의 모습을 그대로 하고 있었다. 누구를 이미징했는지는 모르겠지만, 항상 라키시스는 저 얼굴을 하고 다녔다.

교란 마법진으로 형성된 환영이라는 것을 나는 알고 있다. 내가 정신적으로 무너지지만 않는다면, 환영에게 죽지는 않는다.

내가 보고 있는 라키시스는 완벽하게 내가 기억하고 있는 그의 반영이었다.

"좋아, 상대해 주지. 그냥은 보내줄 리 없으니까."

교란에 걸려든 이상, 이로 인해 만들어진 환영이나 환상을 제거하지 못하면 더 깊은 교란에 빠지고 만다.

나는 망설일 것 없이 양손에 마나를 한가득 끌어올리고는 그대로 라키시스에게 달려들었다.

놈의 공격 패턴, 공격 방식, 즐겨 쓰는 마법, 약점… 나는 모든 것을 알고 있다.

내게 부족한 것은 그와 대적할 수 있는 동등한 힘이고, 그 힘을 획득하기 위해 나는 쉬지 않고 끊임없이 나아가고 있다.

"후후후."

기분 나쁜 웃음.

라키시스는 내게 별다른 말을 한 적이 없다.

그는 항상 비소를 머금은 채 나를 깔보듯 내려다보았고, 나는 그런 놈의 웃음을 잠재우지 못했다.

"…간다."

교란 마법진에 걸려든 이상, 환영으로 만들어 낸 라키시스를 나는 이길 수 없을 것이다. 애초에 정신 제어라는 게 그래서 무서운 것이다.

그 과정에서 좌절하고, 분노하고, 무너지고, 평정심을 잃는 것이 이 마법진이 의도하는 바다.

나는 시원하게 맞서기로 했다. 곧 마주칠 미래의 어두운 그림자로 만들어진 환영에게.

* * *

샤아아아……! 샤아아아……!

"하아. 하아. 하아. 하아."

그로부터 얼마의 시간이 지났을까?

나는 거대한 홀 안에서 가부좌를 틀고 앉은 자세로 숨을 고르고 있었다.

라키시스의 환영과 벌인 한바탕의 전투는 당연히 나의 패배로 끝이 났다. 하지만 그 어떠한 감정의 동요도 내게는 없었다.

나는 환영이 사라지고, 다시 정상으로 돌아온 상태에서 아이거의 조각을 움켜쥐었다. 환영과의 전투로 인해 상당한 피로감이 누적되어 있는 상태였지만, 그래도 버틸 만했다.

몸의 변화가 일어났다.

아이거의 조각은 의식에 맞춰 내게 머금고 있던 모든 마나의 기운들을 분출하기 시작했고, 내 몸은 조금의 놓침도 없이 쉴 새 없이 조각에서 뿜어져 나오는 마나를 받아들였다.

심장이 격동하고, 가쁜 숨이 절로 쏟아져 나왔다. 온몸이 당장에라도 터질 것처럼 달아올랐다가 얼음처럼 차가워지기를 수차례.

"9클래스."

변화된 몸의 상태.

나는 정확히 아홉 번의 회전을 하는 몸 상태를 확인하고는 입가에 미소를 머금을 수 있었다.

물론 정확하게 말하자면 9클래스의 마나를 가진 8클래스의 마법사라고 할 수 있었다. 깨달음을 얻지 못했기 때문이다.

이 깨달음은 매번 그 기준이 달랐다. 마치 제비뽑기와도 같았는데, 내게는 정형화된 방법으로 다가오지는 않았다.

때로는 간단한 마법 수식을 공부하다가도 찾아오기도 했고, 때로는 전투 도중에 깨달음을 얻기도 했다. 혹은 메디우스와 마법에 대한 대화를 나누다가 얻는 경우도 있었다.

이것은 이제 내가 돌아가는 대로 어떻게든 방법을 찾아 해결할 문제다. 중요한 것은 토대는 마련되었다는 것이다. 두 개의 조각을 회수했고, 남은 것은 오크들의 땅에 있는 하나.

그 나머지 하나까지 완벽하게 회수가 끝난다면, 그때는 9클래스… 그 이상을 넘볼 수도 있을 것이다.

*   *   *

드르르르륵.

문을 열자, 환한 개인실의 불빛이 나를 비췄다. 멜디르는 멀찍이 보이는 소파에 앉은 채로 독서에 잠겨 있는 모습이었다.

그는 내가 문을 열고 모습을 드러내자, 호기심 어린 눈빛으로 나를 지켜보며 '생각보다' 멀쩡한 내 상태에 관심을 보였다.

"끝난 모양이군. 아니면 포기한 건가? 그러기엔 시간이 또 너무 길고."

멜디르는 묘한 눈빛으로 나를 보고 있었다.

내심 실패하길 바랐던 것 같기도 하고, 오히려 성공하길 바랐던 것 같기도 하다. 속내를 짐작할 수 없는 표정이었는데, 나는 멜디르에게 완벽하게 증명해 주기 위해 오른손에 꼭 쥐고 있던 것을 그에게 건넸다. 아이거의 조각이었다.

"결국에 얻은 것인가?"

"그렇습니다."

놀란 멜디르의 반응에 나는 고개를 끄덕였다.

그러자 멜디르의 눈빛이 더욱 반짝였다.

"놀랍군. 그 많은 교란 마법진과 함정을 뚫고 가서 획득했다, 이건가? 지금껏 때때로 인간들이 보낸 도둑들이, 혹은 우리 종족 내부의 배신자들이 이 조각의 정체를 궁금해했고 몰래 들어왔다가 죽음을 맞이한 적이 많았지. 들어온 놈은 단 한 놈도 살아서 나가지 못했었는데."

"예외가 생긴 것 같군요."

나는 미소를 지어보였다.

멜디르는 적잖이 놀란 눈치였다. 동시에 나를 바라보는 표정 또한 이전과 달리 다소 누그러졌다.

"그렇다면 이제 내 부탁을 실천으로 옮기고, 믿음에 대한 증명을 해줄 수도 있겠군."

멜디르는 주저 없이 바로 본론을 꺼냈다.

"곧 다시 찾아오겠습니다. 1주일. 그 이상은 걸리지 않을 겁니다."

"노파심에 하는 이야기지만……."

"믿음을 저버리는 일은 없을 겁니다."

나는 멜디르의 걱정을 눌러주었다.

내게는 9클래스가 될 시간이 필요했다.

과거 깨달음을 얻었던 모든 방법을 찾아 움직이다 보면, 분명 특이점이 생겨날 것이다. 그것은 확실했다.

지금 블랙 오크를 더 자극하든, 덜 자극하든 달라질 것은 없었다. 하물며 블랙 오크들의 터전을 공격하는 것이 큰 문제가 될 것도 없었다.

엘프만, 바로 이 엘프들만 전선에서 한 걸음 물러서도 인류가 맞이하게 될 운명은 크게 달라진다.

단, 내가 오크들의 땅을 공격하게 되는 그 순간…….

그들을 공격한, 회백색 로브에 가려져 얼굴을 알 수 없는 대마법사, 그러나 인간 마법사임은 분명한 정체불명의 존재에 대해 오크들의 반감은 극대화될 것이다.

아울러 블랙 드래곤은 갑작스럽게 모습을 드러낸 9클래스의 인간 마법사에 대해 처음에는 호기심을 가질 것이고,

시간이 흐르면서 집요한 추격으로 이어질 것이다.

이제 드래곤과 대면하게 될 시점도 얼마 남지 않았다.

세상의 흐름 속에 조용히 묻어가며, 보이지 않는 잠룡(潛龍)처럼 보내온 시간도 어느새 끝이 보이고 있었다.

그 전에, 최대한 변할 수 있을 만큼 변해야 했다.

그리고 머지않아 사람들은 전혀 예상치도 못한 곳에서 등장하게 된 9클래스의 마법사를 맞이하게 될 것이다.

또한 나의 스승이자, 나의 학문적 동반자이기도 한 메디우스 역시 엄청난 변화에 놀라게 될 것이다.

"기다리겠다, 그대를."

"일이 마무리되는 대로 돌아오겠습니다."

"그대의 이름은… 다시 만나는 그날 듣도록 하지."

"감사합니다, 멜디르 님."

나는 바로 멜디르의 개인실 안에서 바로 장거리 텔레포트를 위한 캐스팅에 들어갔다.

예전보다 더욱 충만해진 마나의 힘이 가감 없이 느껴진다.

'라키시스.'

집중을 하는 가운데, 석실 안에서 마주쳤던 라키시스의 환영이 떠올랐다.

내가 아직까지 단 한 번도 이겨보지 못한 존재.

그래서 더 오기가 생기는 적수.

내가 마지막으로 넘어야만 하는 큰 산.

이제 그를 마주할 날이 얼마 남지 않았다. 그 시간 동안, 나는 최대한 따라잡을 생각이었다.

그렇게 하지 않으면…….

마지막 삶도 과거와 다를 것이 없는 배드 엔딩으로 끝나고 말 테니까.

*　　　*　　　*

용병단으로 돌아온 나는 당초의 목적에 맞게 용병단 내에 엘프들의 상황을 자세히 브리핑했다.

정확하게 말하자면 내가 기존에 알고 있던 것들을 그대로 설명해 준 것에 불과하지만, 실제로 지금의 상황도 내가 알고 있는 것과 별반 다르지 않았다.

국경 지대에 대규모 병력 이동을 시킨 엘프들의 행보는 이제 멜디르의 결정에 따라 달라지게 된다. 멜디르가 인간의 편에 서거나 혹은 중립을 유지하기로 하면, 그 병력들은 아이로니아를 수호하는 병력이 된다.

외부에서 엘프들을 먼저 공격하지 않는다면, 그들은 그들의 영토 내에서만 활동하며 아이로니아를 지킬 것이다.

하지만 엘프들이 블랙 드래곤과 연대하거나, 블랙 오크들과 합류하게 되면 그때부터는 국경을 넘어 인간들의 세계로 진출하는 침략군이 된다.

내가 잠시 자리를 비웠던 사이, 테노스 용병단 내에서는 이런저런 설전이 있었던 모양이었다. 이번에 카트리나 용병단이 합류하면서 용병단 전체의 규모가 커지게 됐는데, 엘프들의 향후 행보를 놓고 어떻게 대응할지에 대한 논쟁이 있었던 것 같았다.

평범한 용병단이라면 그 안에서 설전을 벌인다고 해서 크게 달라지는 것은 없지만, 스페디스 제국 용병계의 주축인 두 용병단이라면 얘기는 달라진다.

이들은 앞으로 유사시에 용병 쪽 세력을 적극적으로 이끌어나갈 핵심 세력이었다.

용병단들이 세를 규합하여 국가적인 위기에 함께 대응하게 된다면, 메인 컨트롤 타워가 될 세력이 바로 두 용병단인 것이다.

테노스는 엘프들을 건드려서 좋을 것이 없다고 주장하는 입장이었고, 카트리나는 차라리 이 참에 엘프들도 잠재적인 적으로 간주하고 공략해야 한다고 했다. 중앙군 차원에서 오히려 아이로니아 접경지대에 병력을 파견하여, 위협을 해야 한다는 것이었다.

그래서인지 테노스는 내가 돌아오자마자 바로 나를 집 무실로 불렀다. 안으로 들어서자 카트리나가 다소 심각한 표정으로 커피를 들이켜며 테노스와 대화를 나누고 있었다.

테노스는 시종일관 차분하게 대화를 이어온 듯한 표정이었으나, 카트리나의 얼굴은 다소 붉어져 있었다.

활발하고 외향적이기로 소문난 그녀와 신중하고 다소 냉정하기로 유명한 테노스의 모습을 단적으로 보여주는 예였다.

"카트리나는 직접 대화를 하고 싶어 해. 레논, 이야기를 좀 해보지. 직접 보고 들은 게 있으니까 말이야."

"호오, 그 레논 님이 이분? 반가워요, 카트리나예요. 유명한 레논 씨를 이렇게 보게 되니 반갑네요."

"아닙니다. 유명할 것까지는 없습니다. 그저 용병단에 소속되어 있는 실력 없는 마법사일 뿐이죠."

"겸손은 그 정도만! 본론으로 들어갈게요, 레논 씨. 엘프들의 상황은 어떻죠?"

나는 자세하게 현재의 상황을 알려주었다.

멜디르를 만난 사실까지는 알려줄 수 없다고 하더라도, 현재 엘프들의 동태를 알려주는 것은 어렵지 않았다.

다만 당초에 왜곡되어 알려진 바와 같이 군수물자부터

해서 모든 전력들이 국경 지대에 배치된 것은 아니라고 그녀에게 전했다.

수는 약 5천 정도로 지키기에는 적합하나, 어딘가를 공격하기에는 적다고 했다.

카트리나도 하나하나 짚어서 이야기를 전하는 내 말을 듣고는 어느 정도 수긍하는 눈치였다.

"일단 이 문제는 앞으로 우리 모두의 최우선 문제로서 많은 관심을 받게 될 거예요. 가능하다면 이번에 보고 들은 것들을 문서화해서 공유해 줘요. 그래야 쓸데없는 오해를 막고 필요한 대비를 할 수 있으니까요."

"그렇게 하지요."

카트리나의 말에 나는 고개를 끄덕였다.

그리고 눈치껏 집무실에서 벗어나, 두 사람의 곁을 떠나 주었다.

여전히 다른 사람들은 테노스와 카트리나의 만남을 헤어진 연인의 불편한 재회 정도로 생각하고 있겠지만, 나는 알고 있다.

그들은 여전히 불같은 사랑을 나누고 있는 뜨거운 관계라는 것을……

*　　　*　　　*

별도로 용병 의뢰가 진행되는 것이 없었기 때문에 비상 대기 상태임을 제외하고는 자유 시간이었다.

크리스티나는 좀 더 부족한 체력을 보충하기 위해 용병 단 내에 마련된 체력실, 그러니까 '헬스장'에서 살다시피 했다.

그녀는 군살이 거의 없는 몸임에도 불구하고, 여전히 불 만족스러운 듯 유산소 운동 위주로 계속해서 체력실 내에 마련된 트랙을 돌았다.

이국적인 외모에 매끈한 몸매, 구릿빛 피부를 가진 크리 스티나의 모습은 뭇 남자들의 호감을 이끌어내기에 충분했 다.

그래서인지 카트리나 용병단에 소속되어 있던 몇몇 몸 좋은 검사들이 함께 체력실에서 운동을 하는 모습이었다.

운동을 하는 체하면서도 연신 크리스티나를 흘겨보는 것 이 어지간히 그녀가 매력적으로 느껴지는 모양이었다. 솔 직히 말하자면 내가 보기에도 크리스티나는 정말 다양한 매력을 가진 소유자이긴 했다.

나는 아이린을 만날 수도 있다는 생각에 주변을 둘러봤 지만, 어찌 된 영문인지 그녀는 보이지 않았다.

아마 B급 용병으로서 이곳에 온 만큼, 용병단 내의 자잘

한 허드렛일을 직접 도맡아 하고 있어 바쁠 가능성이 컸다.

하지만 머지않은 시간에 만나게 될 것이고, 나는 그때에 맞춰 알맞게 이야기를 진행할 생각이었다.

용병단에 돌아온 이후부터 깨달음을 얻기 위한 행보가 시작됐다.

사실 정상적인 방법이라면 8클래스의 마법사가 9클래스에 대한 깨달음을 얻기 위해서는 최소 수년에서 수십 년의 기간을 잡아야만 한다.

어떻게 어떤 방법으로 깨달음을 얻게 되는지는 본인도 알 수 없으며, 깨달음을 꼭 얻겠다는 식으로 일종의 '의도된 행동'을 할 때는 오히려 깨달음을 얻지 못하게 되기 때문이다.

쉽게 말해서 무의식적으로 어느 순간 느낌표가 뜨면서 메디우스처럼 변화가 이루어지는 것이지, 정해진 왕도처럼 무엇을 보고 무엇을 듣다 보면 변하는 것이 아닌 셈이다.

하지만 나는 계속된 삶의 반복 과정에서 강제적으로 깨달음을 얻는 방법을 터득하게 됐다.

정확하게 말하자면 어쩌다가 알게 되었다는 것이 맞다고 할 수 있을 것이다.

이미 수많은 삶을 살면서 다양한 지식과 경험을 얻은 나였기 때문에 내 정신, 그러니까 영혼 자체가 깨달음을 얻기에 충분한 거대한 '풀' 이 되어 있는 것과 같았다.

수천 년을 반복해서 살아온 삶의 경험이 있으니, 이는 즉각적인 깨달음의 자양분으로 쓸 수 있었다.

그래서 틀에 박힌 루트를 통해 의식적으로 깨달음을 얻기 위한 과정을 밟아도, 나는 변화를 창출해 낼 수 있었다.

이것은 세상에서 오직 나에게만 해당되는 방식으로 그어느 누구에게 말할 수도 없고, 통용될 수도 없는 방식이었다.

개인실로 돌아온 나는 방문을 걸어 잠그고 할 수 있는 모든 방식을 시작하기 시작했다.

수많은 마법 서적을 펼쳐 놓고 읽었고, 아주 간단한 마법 수식부터 읊어가며 내용을 복기했으며, 마법을 캐스팅했다가 그만두기를 반복했다.

밖은 시끄러웠다.

테노스 용병단과 카트리나 용병단은 오래전부터 교류가 있었기 때문에 용병들 사이에 친분이 있었다. 게다가 카트리나 용병단이 이쪽으로 이동해 오자, 그들을 보겠답시고 구경 온 다른 용병단의 용병들도 있었다.

나는 거의 기계적이라 해도 무방할 정도로 계속해서 집중하고 또 집중했다.

이런 내 모습을 '그'가 본다면 얼마나 우습게 보일까 싶기도 하지만, 그의 시선 하나하나를 신경 쓸 바는 아니다. 나는 지금 내게 주어진 상황에서 최선의 선택지, 그리고 최상의 선택지를 따라 가기에 여념이 없을 뿐이다.

하지만 첫술에 배부를 수는 없는지, 귀가한 직후부터 밤을 지새워 가며 집중했지만 깨달음을 얻을 수는 없었다.

*   *   *

용병단이 비상대기 상태를 유지하는 동안, 나는 오로지 깨달음을 얻는 데만 전력했다.

그 와중에 중앙정부에서 보낸 소식통들이 계속해서 블랙 오크들의 움직임에 대한 소식을 전했다.

우려했던 엘프들은 접경지대에 전력을 배치한 이후 아무런 움직임이 없는 반면, 드디어 블랙 오크들이 모르고스 산맥 초입에 서서히 모습을 드러내기 시작했다는 소식이었다.

산맥 초입에 블랙 오크들이 나타났다는 것은 그들의 거점에서 몇 개의 산을 넘어 이동했음을 의미했다. 즉, 제국 남부에 이제는 가시적인 전쟁 영향권 안으로 접어들게 된 것이다.

초입이면 블랙 오크들이 작정하고 진공(進攻)하면 6시간 내외로 제국 남부의 여러 마을들을 공격할 수도 있었다.

그래서인지 전투 마법사단 일부가 남부로 급파되는 한편, 중앙군에서도 남부로 지원을 보낼 병력 편성을 서두르고 있다는 보고였다.

결국 울며 겨자 먹기로 귀족들이 사병을 차출하는 상황이 되었는데, 그 와중에도 귀족들은 자신들의 사병을 덜 보태기 위해 갖은 꼼수를 쓰고 있는 모양이었다. 이는 정보 길드를 통해 수집된 정보로 테노스는 그 소식을 듣고 분통을 터뜨렸다.

그나마 내가 알고 있던 과거와 달라진 점은 적어도 블랙 오크들의 움직임에 대비하기 위한 행보가 적극적이라는 점이었다.

이 정도면 과거에 비하면 장족의 발전이었다.

게다가 블랙 오크도 산맥 초입에 모습을 드러내자마자 공격을 시작한 것이 아니라, 매우 신중하게 접근하는 모습이었다.

시간을 주면 줄수록 스페디스 제국 입장에서는 대비할 시간을 벌게 되는 만큼 유리했다.

모든 것이 예상대로 흘러가고 있지 않는 만큼, 불편했던 현실 역시 조금씩 비켜 흘러가고 있다.

오크들이 시간을 주면 줄수록 대비할 수 있는 시간은 많아진다. 그렇게 되면 내가 운신할 수 있는 폭이 넓어지게 되고 변수를 창출해 내기가 쉽다.

비록 100번의 삶을 반복했지만, 세상의 흐름은 나 혼자서 만들어가는 것은 아닌 만큼 이런 흐름은 내게 나쁠 것이 없었다.

9클래스의 깨달음만 좀 더 서둘러 이루어진다면 충분히 변수를 더 만들어낼 수도 있을 것 같았다.

"남은 건 이건가."

개인실에서 거의 틀어박혀 지내기를 이틀.

할 수 있는 모든 것은 거의 다 해보았고, 남은 한 가지가 있었다. 손가락 반 뼘은 족히 되는 마법학 백과사전을 훑어보는 일이었다.

이제는 확신할 수 있었다. 이 책에서 분명 어떤 깨달음의 키워드가 되는 단어를 내가 인지하게 될 것이고, 그것이 깨달음과 연계될 것이다.

할 수 있는 모든 시도를 다 해보았기 때문에 자신할 수 있었다.

내가 개인실에서 틀어박혀 지내는 동안, 크리스티나가 두 번 왔다 갔다. 이유를 물어보니, 카트리나 용병단 소속의 여검사 하나가 나를 찾는다고 했다. 아이린일 것이다.

나는 크리스티나를 통해 마법적인 실험에 전념할 것이 있어 하루에서 이틀 정도 더 시간이 걸릴 것이라고 전해 달라 부탁했다.

아이린을 피할 생각은 없었다.

그녀를 만날 것이고, 그녀가 자신만의 새로운 길을 개척하게 된 이유를 들어보고 싶었다.

그녀의 감정에 큰 문제가 되지 않는다면 차라리 허심탄회하게 속내를 듣는 것도 나쁘지 않을 터.

감정의 앙금이 있으면 이번 기회에 풀고, 그 대신 쓸데없는 희망고문이나 기대는 하지 않도록 할 생각이었다.

*　　　*　　　*

촤르륵. 촤르륵.

"마나 로드는 때때로 역전 현상을 경험하며 거꾸로 회전하는 경우가 종종 있는데… 이 경우 마법의 시전자는 마법을 사용하는 만큼 몸에 심각한 내상을 입게 된다. 이것은 보통 자신보다 클래스가 높은 마법사로부터 정신 교란에 걸렸을 때 발생하게 되는데, 그 경우 마법사는 단번에 자신에게 치명적인……."

팟—

그렇게 밤을 지새워가며 백과사전 속의 한 페이지, '마법사가 자신을 해치는 경우의 수'에 대해 읽던 나는 불현듯 머릿속을 스치는 섬광 비슷한 느낌에 두 눈을 번쩍 떴다.

깨달음.

그 순간, 내 머릿속에 세 글자의 단어가 번뜩였다.

가장 고대하던 변화의 순간.

그때가 온 것이다.

9장

9클래스의 마법사

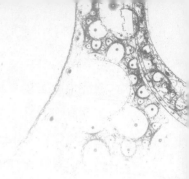

"하아아아······."

변화는 아주 자연스럽게 이루어졌다.

그것은 어떤 몸의 외형적인 변화나 정신적인 변화가 아닌, 마치 아주 오래전부터 9클래스의 마법사였던 것처럼 자연스러웠다.

마법사들이 우스갯소리로 하는 말 중에는 9클래스가 되는 깨달음을 얻으면 하늘에서 천둥 번개가 내리치고, 갑자기 바닷물이 썰물처럼 사라지며, 밤에도 낮인 것처럼 사방이 환해진다고들 하는데 그건 사실이 아니다.

오히려 바로 옆에 있는 사람도 인지하지 못할 정도로 스스로 변화를 느끼고 끝나는 것이기 때문에, 내가 깊은 숨을 내쉬는 것을 제외하고는 아무런 변화가 없었다.

마나의 회전이 신속히 아홉 바퀴를 끝내자, 체내의 모든 마나가 뜨겁게 달아오르기 시작한다. 전신으로 심장이 혈관을 따라 뜨거운 피를 뿌릴 때마다, 맥동하는 마나의 힘도 함께 전신으로 퍼진다.

몸 전체가 마나로 이루어졌다고 해도 과언이 아닐 것처럼 청명한 백마법의 기운이 가득하다. 이 기운은 내가 정신을 집중하면 어둠의 힘으로 바꿀 수도 있다.

하지만 주로 사용해와 익숙한 빛의 마나와는 달리, 어둠의 마나는 여전히 활용이 서투른 것이 사실이다.

내가 드래곤들과의 전투에서 밀리지 않기 위해서는 이 어둠의 마나를 얼마나 자유자재로 쓸 수 있는지가 중요했다. 그 말은 즉, 마지막으로 남아 있는 아이거의 조각은 흑마법사의 몸을 한 채로 받아들이는 게 가장 좋다는 이야기다.

백마법과 흑마법은 발현 과정에서 마나의 흐름이 판이하게 다르고, 마나 로드를 거쳐 생성되는 과정이 다르기 때문에 두 마법의 양립은 불가능한 것이 일반적인 경우다. 나를 제외하고 말이다.

이런 이유로 백마법과 흑마법은 동시에 쓸 수 없기에 실험해 볼 수 없었을 뿐, 실제로는 캐스팅 시간이 별도로 적용된다는 특징이 있었다.

즉, 빛의 마나를 이용해 9클래스의 헬 파이어를 시전한 뒤, 이어서 바로 어둠의 마나를 이용해 9클래스의 헬 파이어를 시전할 수 있다는 이야기다.

원래라면 해당 마법을 시전한 뒤에 마나를 다시 모으고, 수식을 발현시키기 위한 별도의 준비 시간이 반드시 필요하지만… 흑마법과 백마법이 양립할 수 있다면 연이은 시전도 가능하다는 이야기다.

그래서 나는 9클래스에 가장 큰 비중을 두고 있었고, 그다음이 바로 흑마법의 강화였다.

9클래스의 백마법만으로는 드래곤을 상대할 수 없기 때문이다. 운이 좋아서 인간 마법사를 얕보는 드래곤이라면 하나둘 정도는 처리할 수 있을지 모르겠지만, 다수의 드래곤이라면 나라고 해서 오래 살아남을 수 있으리란 보장이 없다.

그래서 흑마법은 더 필요했고, 아직 나는 만족할 수 없었다.

지잉. 지잉. 지잉.

발밑에 소환된 텔레포트 마법진이 계속해서 반짝거렸다. 보통 간단한 텔레포트 마법은 이런 가시적인 효과 없이 즉각적으로 이뤄지고, 어느 정도의 장거리 이동은 정신 집중 정도로 끝이 난다.

이 정도로 마법진이 활성화되고 있다는 것은 엄청난 거리를 이동할 때 나타나는 현상이었다.

9클래스의 마법은 마법사들에게 '불가능'할 것 같은 것을 현실로 만들어주곤 한다. 대표적인 것이 텔레포트다.

지금 나는 내가 있는 이 용병단 건물 안 개인실에서 남쪽으로 한참 멀리 떨어져 있는, 거리로 따지면 1,000㎞ 이상은 족히 떨어져 있는 어떤 외딴 섬에 다녀올 생각이다.

그 섬은 인적은 물론이고, 그 어떤 종족의 손길도 닿지 않은 곳으로 드래곤들의 영역이라 불리는 '드라고니아'에서 가장 가까운 위치에 있는 섬이기도 했다.

탐색할 겸, 과거의 기억을 되새겨 볼 겸 가는 것이다. 드라고니아를 가장 가까이서 볼 수 있는 섬. 그리고 드래곤들마저도 아무것도 없는 돌섬이라 가장 신경 쓰지 않는 그곳으로 이동하기 위해 초장거리 텔레포트를 활성화시키는 중이었다.

텔레포트는 클래스 차이가 곧 거리와 캐스팅 속도의 차이로 이어지는데, 그래서 드래곤들과의 전쟁에서 인간들이 가장 고전하게 되는 큰 이유이기도 했다.

드래곤들의 위치를 계속해서 추적하여 확인하지 않으면, 어느 순간엔가 시야에서 사라진 뒤, 전혀 예상치도 못했던 다른 곳에서 나타나 공격을 가하기 때문이다.

아낌없이 내 힘을 써보고 싶었다.

그 섬이라면 그 어느 누구도 관심을 가지지 않으니 괜찮을 것이다.

나는 아주 잠깐, 문명의 테두리 안에서 사라질 요량으로 이동을 준비했고, 얼마 지나지 않아 텔레포트는 신속하게 이루어졌다.

*　　　*　　　*

화르르르르르륵!

쿠아아아아아앙!

촤아아아아!

사방으로 바닷물이 튀었다.

거대한 충격파는 인위적으로 거대한 파도를 만들어냈고, 그 파도는 해일처럼 높게 솟아올라 한참을 멀리 밀려나갔다.

마침 이 섬에는 비가 오고 있었다.

하늘 저 끝에서 끝까지 가득 채운 먹구름으로 봐서는 이쪽 전역이 온통 장대비가 내리 쏟아지고 있는 것 같았다.

차라리 잘됐다.

이 정도 비라면 드라고니아에서 보는 누군가가 있다고 할지라도 전혀 보이지 않을 만큼 굵직한 비다. 나는 가장 먼저 시험해 보고 싶었던 헬 파이어 마법을 전개했고, 지옥에서 소환된 거대한 불덩이는 당장에라도 모든 것을 집어삼킬 듯이 맹렬하게 낙하했다.

굵은 빗줄기도 거대한 화염의 열기를 식히지는 못했다.

차가운 비가 내리는 추운 날씨였지만, 내 몸에서는 계속해서 땀이 흘러내렸다. 헬 파이어가 만들어낸 열기는 주변을 순식간에 덮혔고, 마치 난로 앞에 앉아 있는 느낌이 들게 만들었다.

간소화된 메테오 마법도 시전해 보았다.

원래의 메테오는 저 멀리 하늘 위에서부터 거대한 운석을 소환해 내는 마법이지만, 지금은 이대로 시전하기에는 무리가 있었다.

헬 파이어는 아니더라도, 메테오는 주변에 감지가 될 수 있을 만큼 강력한 마법적인 위력과 파장을 지녔기 때문이다.

그래서 나는 메테오 마법을 간소화, 소형화하여 섬 한쪽의 돌산 위에서 끌어오는 방법으로 테스트를 해보기로 했다.

화아아아아악!

공중에 뜬 몇 개의 바위들이 한데 어우러지기 시작하더니, 이내 그 바위의 중심에 핵이 생겨났다.

핵은 당장에라도 녹아내릴 것 같은 짙은 주황빛을 하고 있었고, 어느새 거대한 마그마 덩어리로 변한 듯 바위의 외면(外面)에서 용융된 암석이 흘러 내렸다.

생성 즉시 원하는 지점으로 낙하하던 헬 파이어와는 달리, 메테오는 허공에 뜬 채로 내 손짓을 기다리고 있었다. 중심에 위치한 핵을 내가 컨트롤할 수 있기 때문에 원하는 방향으로 이동시킬 수 있었다.

화르르륵!

손을 크게 반원으로 오른쪽으로 이동시키니, 화염구체 역시 신속하게 오른쪽으로 이동했다. 중력의 영향을 받은 듯 살짝 고도가 낮아졌지만, 아직까지 지면과의 거리는 충분했다.

"좋아, 이 느낌이었어."

내 손끝과 화염구체 속의 핵이 연계가 되어 있기 때문에, 팔의 움직임이 가볍지는 않다. 마치 무거운 아령을 양손에 매달고 있는 느낌이었다.

나는 그 상태로 모든 무거운 짐을 일거에 떨궈 놓는 듯한 그 느낌으로 자연스럽게 손끝의 힘을 풀어버렸다. 그러자 기다렸다는 듯이 거대한 화염구체가 그대로 사선으로 바닷가를 향해 낙하했다.

콰아아아앙!

또다시 물보라가 휘몰아쳤다. 빗물과 바닷물이 뒤섞여 만들어낸 짙은 바다 내음과 소금기 가득한 물기가 순식간에 내 몸 전체를 적셨다.

"후우. 후우."

순식간에 9클래스의 마법을 두 번이나 사용했기 때문인지, 가쁜 숨이 저절로 몰아쉬어졌다.

마나 로드는 결국 인체의 심장 근처에 위치하여 순간적으로 그 힘을 끌어모아 마나를 회전시키는 것이고, 그러다 보니 자연스럽게 높은 클래스의 마법을 쓸수록 부하가 걸리는 형태였다.

몇 번 깊게 숨을 몰아쉬고 나니, 다시 호흡이 고르게 변했다.

높은 클래스의 마법을 사용하고 난 직후에는 호흡을 조절하기 위해 사용하는 호흡법이 존재하는데, 경험이 많은 나로서는 어려운 일은 아니었다.

하지만 많은 수의 마법사들이 이 호흡을 고르는 과정에서 시간이 오래 걸려, 때때로 낭패를 보는 경우가 종종 있었다.

"하아. 이번 삶은 생각보다 일찍 끝을 보게 되는 걸까?"

문득 그런 생각이 들어 혼잣말이 나왔다.

과거의 내 삶은 정말 다양한 결과물의 연속이었다.

때로는 70세 노인이 될 때까지 살다가 전장에서 죽은 적
도 있었고, 어떤 경우에는 키리아트 마을을 벗어나지 못하
고 기존의 병이 더 깊어져 3개월도 채 버티지 못하고 죽은
적도 있었다.

옛일이니 그때를 추억하며 말하는 얘기지만, 심지어 약
초를 캐러 산행을 했다가 발을 헛디뎌 추락사(墜落死)한 적
도 있었다. 그 외에도 만드라고라를 먹은 뒤, 안정화시키는
방법을 제대로 알지 못해 몸 전체가 그 기운으로 폭주하여
결국 숨이 끊어진 적도 있었으니 웬만한 방법으로는 다 죽
어본 셈이다.

이번의 삶을 정말 너무 빠르게 모든 것이 이뤄지고 있다.

내가 9클래스에 빠르게 다가선 만큼 주변의 모든 환경들
도 급변하고 있는 상황이다. 예정대로라면 앞으로 3~4년
은 족히 지나야 처음 마주하게 되었을 블랙 드래곤들도 벌
써 엘프들에게 자신의 뜻을 간접적으로 전했을 만큼, 빠르
게 움직였다.

블랙 오크들은 이미 모르고스 산맥의 초입까지 범위를

확장했고, 과거에는 소 잃고 외양간 고치는 격으로 전쟁에 뒤늦게 대응했던 스페디스 제국은 예전보다는 나은 상황에서 미래를 맞을 준비를 하고 있다.

이 모든 상황들이 벌어지는 데에는 2년이 채 걸리지 않았다.

그래서 더 긴장을 늦출 수 없기도 하다.

나는 회복이 완료되자마자 계속해서 쉴 새 없이 9클래스의 마법들을 시전해 보았다.

클래스가 높아져 자연스럽게 강화된 마법들은 그 위력이 8클래스 때와는 또 달랐다. 파이어 볼도 단순히 화염구가 날아가는 것으로 끝나지 않고, 최후의 폭발 과정에서 몇 개의 화염 조각으로 갈라져 2차 폭발을 일으켰다.

만족스러운 변화.

나는 쏟아지는 장대비 속에서 시간 가는 줄 모르고, 마법을 계속해서 시전했다. 쉬지 않고 마법을 캐스팅하고, 시전하다 보니 빠르게 마나의 총량이 줄어드는 것이 느껴졌다.

나는 전투를 할 때의 감각으로 마법을 전개했다.

가상의 적, 라키시스를 눈앞에 두고 그의 빈틈을 노렸다. 라키시스는 항상 내 예상보다 한 박자 빠르게 움직였고, 한 박자 빠르게 내 빈틈을 노리고 들어왔다.

"아냐, 이 정도에서 몸에 과부하가 걸리면 안 돼. 감각을 더 끌어올리지 않으면 안 된다."

난타전을 얼마 한 것도 아닌 것 같은데, 몸의 과부하가 생각보다 빨리 찾아왔다. 앞서 메테오와 헬 파이어를 연이어 시전했다는 점을 고려해도, 이건 생각보단 빨랐다.

"체력을 더욱 집중적으로 끌어올리지 않으면 안 될 것 같다."

몸을 극한의 상황까지 계속해서 밀어 넣고 나니, 잊고 있었던 내 자신의 문제가 극명하게 드러났다. 마법적인 성장은 빠르게 이루어졌지만, 육체적인 성장은 아직이었다.

그간 게을리 하지 않았던 운동과 만드라고라 섭취로도 아직은 몸이 9클래스의 마법을 계속해서 감당해 내기에는 무리가 있었다.

체력적인 부분을 보완하기 위해서는 앞으로 시간이 날 때마다 이 섬을 찾아올 필요가 있어 보였다.

계속해서 몸에 의도적으로 높은 클래스의 마법을 캐스팅, 시전하며 과부하를 걸고, 이를 회복하면서 몸이 버틸 수 있는 한계 수치를 늘려야 하기 때문이다.

"일단은 다시 돌아가 볼까. 드래곤을 상대하기에는 아직 부족하지만, 오크들을 상대하기에는 부족함이 없으니까.

멜디르와의 약속을 이행할 차례다."

나는 아쉬움을 뒤로한 채, 다시 용병단으로 이동하기 위한 장거리 텔레포트를 준비했다.

이 정도면 준비는 끝났다.

엘프의 전쟁 합류를 막고, 블랙 오크와의 전쟁에 총력을 기울이기 위해서라도 멜디르와의 약속은 하루라도 빨리 실현시킬 필요가 있었다.

나에게는 엄청난 큰 변화가 있었지만, 주변은 여전히 똑같았다. 문을 열고 보인 용병단 안은 별반 다른 것이 없었다.

용병단 내에 마련되어 있는 대형 체력실에는 어느새 모인 용병들로 가득했다.

대부분이 카트리나 용병단의 남자 용병들이었는데, 역시나 이유는 크리스티나 때문인 것 같았다.

운동을 하는 체 하면서도 흘깃흘깃 크리스티나를 보는 시선들이 평범하지는 않았다.

나는 바람도 쐴 겸 용병단청 밖으로 나왔다.

그래야 산책을 하면서 바람도 쐬고, 기분 전환도 할 수 있기 때문이다. 용병단청 주변에는 꽃들이 잔뜩 심어져 있어서, 산책로를 따라 이동할 때면 늘 기분 좋은 꽃 내음이 났다.

우연일까?

용병단청을 나서는 순간, 이마에 흘러내리는 땀을 닦아내고는 한숨을 푹 내쉬며 밖으로 나서는 아이린의 모습이 보였다. 보아하니 심부름 삼아 무거운 짐을 나르고는 이제 숨을 돌리려고 나오는 것 같았다.

"아이린."

"오빠… 그렇게 보기 힘들더니…….."

흐리는 말 끝과 나를 바라보는 표정에서 원망 섞인 눈빛이 묻어났다. 보고 싶었는데 왜 진작 나를 만나주지 않았냐는 그런 질책이 섞인 눈빛이었다.

물론 그런 눈빛을 본다고 해서 내가 죄책감을 느끼거나 미안한 마음이 드는 것은 아니다. 단, 그녀가 과거와는 달리 여검사라는 전혀 새로운 인생의 길을 찾았다는 점은 놀라웠다. 그 이유가 듣고 싶었다.

"잠시 얘기나 할까? 쉬는 시간이라면."

"그래요. 마침 할 일은 이걸로 끝났으니까."

아이린은 흔쾌히 동의했고, 나는 한걸음 앞서서 아이린을 안내했다.

"용병단에서 생활하면서 오빠 이름 정말 많이 들었어요.

이미 용병단 쪽에서 마법사로 오빠 이름을 모르는 사람은 없을 거예요. 해적 지우드 사건부터 해서 오빠의 이름이 알려질 일이 정말 많았으니까요."

내 옆을 따라 걷는 아이린에게서 땀 내음이 물씬 풍겼다. 용병단 생활을 하며 수시로 맡았던 냄새라 그런지 거부감 같은 것은 없었다.

아이린도 자신의 그런 부분을 의식했는지, 살짝 뒤로 물러서서 내 뒤를 따르는 모습이었다.

"그런 건 크게 신경 쓰지 않아. 그것보다 아이린을 이렇게 보니 새롭긴 하네. 검사라니, 전혀 생각지도 않았던 일이야."

"그런데 생각보다 적성에는 잘 맞았어요. 제 안에 이런 공격 본능이 숨어 있을 거라곤 생각도 못 했는데, 정말 많은 발전이 있었어요. 좋은 스승님 아래에서 검술을 배웠던 것도 한몫을 했고… 카터 오빠도 많이 지원을 해줬어요."

"들었어. 후회하지는 않고?"

"천직이라고 생각해요. 그리고 여자이기에 더 불가능해 보이고, 그래서 도전할 만한 가치가 있는 직업이라는 생각도 해요."

"그렇다면 좋은 선택을 한 거지. 후회하지 않는다면 그게 최선이야."

뭔가 교과서적인 말들을 뱉어냈다.

서로의 안부 정도만 묻는 딱딱한 대화. 그런 분위기를 아이린이 바랐던 것은 아닌 것 같았다.

그녀의 눈빛은 나와 대화를 하는 와중에도 몇 번이고 흔들렸고, 입가에서는 무어라 말하려다가 마는 듯한 느낌이 물씬 풍겼다.

"오빠. 오빠는 내 생각은 전혀 하지 않았어요?"

예상했던 아이린의 말이 귓가를 파고들었다. 말끝에는 원망 섞인 떨림이 묻어난다.

예전에도 얼마나 많은 이런 대화에 때때로 마음이 약해져 그르쳤던가.

같은 실수의 반복은 예전의 기억으로 족했다.

"응, 하지 않았어. 할 여유도 없었고. 아이린, 내게는 사랑하는 연인이 있어. 그리고 아이린도 내가 아닌 다른 더좋은 사람을 충분히 만날 자격이 있다고 생각해. 서로가 서로에게 보탬이 되는 관계가 되었으면 좋겠어. 짐이 되는 건원하지 않아."

"내가… 오빠에게 짐이 돼요? 그리고 연인이… 있어요?"

"응. 내가 사랑하는 사람이 있어."

그 순간, 아이린의 표정에서 만감이 교차하는 듯한 느낌이 전해졌다. 잠시 멍하니 나를 응시하는 아이린의 눈빛에서는 믿고 싶지 않음과 받아들여야 함을 동시에 인지하는 듯한 망설임이 느껴졌다.

"그건 듣지 못했던 이야기인데……."

"이제 듣게 된 거지."

더욱 더 무심하게 말을 이었다.

나는 그 와중에도 계속 길을 따라 걷고 있었고, 아이린은 잠시 멈췄다가 움직이기를 반복하며 내 뒤로 붙었다.

뒤를 돌아보며 아이린의 표정을 볼 수도 있었지만, 그렇게 하지 않았다.

사소한 눈의 마주침도 의도치 않은 오해를 불러일으킬지도 모르겠다고 생각했기에.

한참을 말없이 걸었다.

시원한 산바람만이 산책로를 따라 부는 정적인 광경이었다. 나와 아이린은 두 걸음 정도의 거리를 두고는 계속해서 걸었다. 그리고 산책로의 반환점을 돌 무렵, 아이린이 다시 말문을 열었다.

"저는 이제 오빠에게 어떻게 해야 해요? 아직도 오빠를 생각하는 마음은 예전과 달라진 게 없는데……."

"사랑은 서로가 서로에게 할 때 의미가 있는 거잖아? 아이린, 이제 네가 존중받는 삶을 살아. 나는 아이린 네게 그 어떤 형태로든 잘해줄 자신이 없어. 사랑하는 마음도 없어. 내 좋은 친구의 여동생이지만… 그 이상은 아냐. 전혀."

나는 완벽하게 선을 그었다.

흡사 이 광경만 놓고 보면 청춘남녀의 이별의 현장을 보는 것처럼 냉혹한 느낌이 들 정도였다.

나는 나쁜 남자의 역할을 그대로 하고 있고, 아이린은 상처받는 여자의 모습이 되어 있다.

"오빠……."

"아이린, 몇 번을 물어봐도 내 답은 똑같을 거야. 나를 원망하든 미워하든 싫어하든 상관하지 않아. 그러니 아이린, 네 마음을 아프게 하고 해치는 일은 하지 마. 같은 용병으로서 필요한 조언은 해줄 수 있지만, 그게 연인으로서는 아니야. 절대로."

다시 한 번 차갑게 선을 긋는 나의 한마디에 아이린은 정말 닭똥 같은 눈물을 펑펑 흘렸다.

오랜 기간 용병단에서 혹독한 훈련을 받으며 지내온 여인의 눈물이라 하기엔 너무나도 서글픈 눈물이었다.

아이린은 슬픔을 주체할 수 없었는지, 아예 옆에 놓인 바위에 앉아 한참을 펑펑 울었다.

여자의 눈물은 가장 큰 무기라는 말이 있는 것처럼, 그런 모습을 보니 정말 아무런 감정도 없이 돌아서는 게 쉽지는 않았다.

하지만 나는 답을 알고 있고, 망설여서는 안 되는 것도 잘 알고 있다.

설령 이 일로 아이린이 나에 대해 엄청난 앙심을 품거나 원망을 하게 될지라도, 그게 두려워서 할 말을 못 하는 일은 있을 수 없었다.

나는 눈물을 계속 쏟아내는 아이린을 뒤로 한 채, 무심히 용병단청이 있는 방향으로 걸었다.

뒤에서 날 바라보는 아이린의 눈빛이 보지 않아도 느껴졌지만, 애써 뒤를 돌아보지 않았다.

*   *   *

"하아, 피곤해. 다 좋은데, 다른 용병단 사람들은 좀 별로야. 신경 쓰고 싶진 않지만, 신경이 쓰이니까."

작업실로 돌아오니, 샤워를 마치고 난 크리스티나가 자리에 앉아 있었다.

개인실은 따로 쓰지만, 작업실은 2인 1실로 쓰니 자연스럽게 크리스티나와는 함께 있을 시간이 생긴다.

카트리나 용병단 소속의 용병들은 단청 서쪽에 마련된

특별관에서 머물기 때문에 동쪽에 머무는 우리들과는 거리가 있었다.

그래서인지 크리스티나는 문을 열고 다시 밖을 살피며 카트리나 용병단의 사람들이 모두 체력실을 나선 것을 확인하고는 다시 문을 닫았다.

"사람 많던데?"

"많았지. 근데 이게 그런 거 있잖아, 나를 바라보는 기분 나쁜 눈빛 같은 거. 난 그런 거 정말 싫어. 남자들이 몸만 보는 그런 거… 그런데 그 용병들은 거침이 없었어. 예의라고는 모르는 짐승들처럼."

"나는 안 그런 것 같고?"

"음… 레논의 눈빛은 그냥 평범한 눈빛이야. 뭔가를 내게 원하면서 보는 눈빛이 아니라, 사람이 사람을 보는 그런 차가운 눈빛이거든. 그래서 기분 나쁘지도 않아."

크리스티나는 나를 보는 눈이 정확하다.

나도 때때로 본능에 이끌려 크리스티나를 보곤 하지만, 그렇다고 해서 이 나이 대의 남자들이 느낄 법한 본능적인 욕구를 느끼지는 않는다.

오랜 기간을 반복해서 살아오며 생긴 연륜이랄까, 아니면 닳고 닳아 없어진 감정 때문일까? 그런 욕구가 눈빛에 잘 묻어나오지 않았다.

처음에는 내게 지나치게 솔직하고 때로는 적극적인 크리스티나의 마음이 헷갈릴 때도 있었지만, 지금은 다르다. 크리스티나와 나는 완벽한 동료의 관계다. 서로가 그렇게 인정을 하고 있기에 더 편한 관계다.

그래서 크리스티나는 마치 동성 친구를 상대하듯 나를 대했고, 감정 표현 또한 더욱 솔직했다.

"그것보다 이제 점점 신경이 더 쓰이게 되는 것 같아. 블랙 오크와의 전쟁… 피할 수 없을 것 같단 생각이 들어."

"이미 전쟁은 시작된 것이나 다름없어. 시기의 문제일 뿐."

"내게는 조금 생소한 것들이 많아서. 오크들의 습성, 전투 형태에 대해서 좀 더 면밀하게 공부 중이야. 생각보다 자료가 많더라구. 필요해 보이는 건 다 가져다 놨지."

쿠웅!

크리스티나가 책장 속에서 잔뜩 꺼내온 것은 오크들에 대한 거진 '총망라'나 다름없는 책들이었다.

그중에는 정보 길드의 직인이 찍힌 것도 있었는데, 상당한 웃돈을 주고, 그것도 '대여'를 해야 하는 고급 정보가 담긴 자료집도 있었다.

우리 테노스 용병단에서 가장 마음에 드는 점, 장점을 꼽자면 바로 용병단원 개개인 모두가 당면한 과제나 상황 파악에 있어서 매우 열성적이고 준비를 게을리 하지 않는 점이다.

오히려 상대적으로 느슨한 것은 카트리나 용병단이었다.

그들은 단장 카트리나의 명령에 전적으로 복종하고 순응하며 시키는 대로 충실히 이행했지만, 개개인이 무언가를 더 알아보려 하거나 탐구하는 노력은 부족했다.

그래서 내가 결과적으로 100번째 삶을 시작할 무대로 카트리나 용병단이 아닌 테노스 용병단을 선택한 이유도 그런 이유에서였다.

"그럼… 시작해 볼까?"

말이 끝나기가 무섭게 크리스티나는 바로 자료집 첫 장을 펼치고, 내용 탐독을 시작했다.

그리고 어느새 조용해진 작업실 안에서는 크리스티나가 책장을 넘기는 소리만이 들렸다.

*　　　　*　　　　*

체력 보강에 전념하며 사흘의 시간을 보냈다.

다행히 아직까지 급변한 전황의 상태라든가, '안 좋은' 내용을 담은 새로운 소식은 없었다.

나는 3일간 체력 운동에 전념하며, 지속적으로 마나를 소진시키고 회복시키는 과정에서의 과부하를 줄이는 데 집중했다. 기억은 있어도, 이 몸은 기억과는 달리 새로운 100번째 삶의 몸이니만큼 적응 기간이 필요했다.

이제 내게는 멜디르와의 약속을 이행할 필요가 생겼다.

그럴 만한 준비도 끝마쳤다.

상점에 들러 맞춤형으로 특별 주문해 놓았던 흑색 로브도 완성됐다. 눈을 제외하곤 몸의 그 어느 부위도 노출되지 않는 이 로브는 속옷과 연동되는 형태로 되어 있어, 강풍에도 벗겨져 나가거나 얼굴이 드러나지 않았다.

언젠가는 알려질 사실이지만, 굳이 이번 약속의 이행에서 내 모습을 오크들에게 고스란히 노출시킬 필요는 없었다.

어차피 인간 마법사의 소행이라는 것은 보고가 들어가는 대로 알아차릴 것이고, 그 화살은 자연스럽게 스페디스 제국으로 향할 터다.

다만 드래곤들이 내 존재를 빠르게 인지하고 대응하길 바라진 않았다.

차라리 메디우스라고 착각을 하는 게 더 낫겠다고 나는 판단한 것이다.

나는 어떻게 보면 대륙의 돌아가는 판도 속에서 존재하는 가장 큰 변수이자 변곡점이다. 그래서 세상의 그 어느 누구도 내가 어떤 힘을 가진 존재인지는 알아서는 안 되는 것이다.

"출발해 볼까."

회중시계가 자정을 가리킬 무렵.

나는 남쪽으로 다시 방향을 잡았다.

목적지는 오크들의 터전이 되어버린, 옛 엘프들의 땅이었다.

10장

초토화

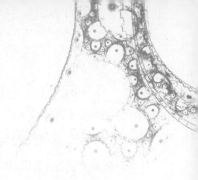

"여긴가."

어두운 밤. 보름달마저 짙은 구름에 가려져 아무것도 보이지 않은 깜깜한 어둠 속에서 나는 눈을 떴다.

문명이라는 것은 항상 불과 연관이 되어 있게 마련이고, 그것이 설령 현대가 아닌 이 세계라고 해도 밤에는 어딘가에는 늘 불이 밝혀져 있게 마련이다.

하다못해 문명의 경계 속이라면 24시간 경계가 필요한 귀족가의 자택 근처라던가 각 지역의 관문과 경계 검문소는 시간을 불문하고 늘 횃불로 빛이 가득했다.

하지만 이곳은 사방이 온통 깜깜한 암흑의 연속이었다.

방향이 어딘지 어떤 위치인지는 알고 있다.

이미 사전에 조사를 끝낸 상태로 이곳에 왔고, 중요한 것은 이 지역을 얼마나 신속하게 파괴할 수 있는가에 달려 있었다.

나는 욕심을 내볼까 하는 생각도 했다.

여기서 아예 모르고스 산맥 중심으로 이동해서, 오크 로드 게우게스의 목숨을 노리는 방법도 고려해 볼 수 있었다.

제아무리 게우게스라고 해도, 9클래스의 마법사를 상대로는 버텨낼 재간이 없기 때문이다.

하지만 이내 나는 그런 생각을 접었다. 내가 지금 하고 있는 이 생각을 블랙 드래곤들이 하지 못할 것이라 생각지 않았기 때문이다.

인간 마법사들의 역량을 알고, 그중에 9클래스의 마법사인 메디우스의 존재를 아는 드래곤들이 과연 게우게스를 언제고 노출될 수 있는 위험 속에 두었을까?

단연코 아니라고 할 수 있었다.

어쩌면 의도된 함정을 파두었을지도 모른다. 폴리모프는 비단 인간의 모습뿐만이 아니라, 오크들의 외형도 충분히 복제할 수 있었다. 어쩌면 게우게스를 닮은 폴리모프 형태의 드래곤이 그 자리를 차지하고 있을지도 모른다.

그렇게 되면 기습은 오히려 역습이 되어버린다.

충분히 던져 볼 만한 승부수지만 그만큼의 리스크도 존재했다.

이 경우의 수에 대해서는 나도 사전의 데이터가 없고, 때문에 위험을 감수할 수는 없었다.

"후우우우우우."

길고도 뜨거운 한숨을 내뱉고 난 뒤, 나는 천천히 마나의 힘을 끌어올리기 시작했다. 이번 목표가 될 분지 지대는 말그대로 깊게 패인 지대라서 광역 공격 마법을 이용하기에 매우 알맞은 장소였다.

물론 이 넓은 분지 지대 전체를 불바다로 만들 수는 없겠지만 중심 시가지를 포함한 원형의 광범위한 공간이 일시에 불바다가 될 것이다.

화르르륵. 화르르륵.

손끝에서 팽창을 시작한 지옥의 불, 헬 파이어가 점점 그크기를 늘려갔다.

바람은 등 뒤에서 앞으로 불었고, 헬 파이어의 열기 역시 바람에 실려 앞으로 뻗어져 나갔다.

산 중턱에서 만들어진 거대한 화염구는 계속해서 팽창을 거듭했고, 어느 순간부터인가 마주보고 있는 내 눈이 부실 정도로 점점 위력적으로 변하기 시작했다.

이 불길은 순식간에 많은 오크들의 목숨을 앗아갈 것이다.

이곳은 오크들의 터전이고, 이 오크들 중에 누군가는 전쟁이란 단어조차 모르는 어린 오크이거나, 혹은 전쟁과는 연관 없는 어느 오크 전사의 가족일지도 모른다.

하지만 사연 없는 무덤은 없다는 말이 있듯이 내게 그런 인간적인 정에 얽매일 이유는 단 하나도 없었다.

모든 상황과 경우의 수를 두고 인간적인 면을 생각해야 한다면, 진작 드래곤들도 이런 비극의 장을 만들어서는 안 되었을 일이다.

내가 악역을 할 준비는 이미 충분히 되어 있었다.

언젠가 이 일의 배후에 내가 있었다는 사실은 밝혀질 것이고, 나는 그때가 되어서 드래곤과 오크들의 집요한 추격과 원망을 받게 되더라도 후회하지 않을 자신이 있었다.

"첫 시험이 되겠군."

실전 사용은 처음이었다.

사전의 실험에서의 위력은 예상했던 대로였다.

그때의 기분, 느낌, 감각은 유지되고 있고 컨디션도 아주 좋다.

이제 이 손끝에서 불길이 떠나고 나면, 어떤 이유에서든 오크들과의 전면전은 피할 수 없게 될 것이다.

"미련 없이."

누가 들으라고 한 말도 아니었고, 무심결에 내게 했던 말인 것 같다.

나는 그 말과 동시에 정말 미련 없이 손끝에서 타오르던 거대한 지옥의 불길을 정면으로 내던졌다.

화르르르르륵!

타오르는 화마(火魔)가 손끝을 떠나는 순간, 더 많은 추진력을 얻은 구체가 포물선을 그리며 낙하하기 시작했다.

가속이 붙기 시작하자 아슬아슬하게 산을 타고 내려가며, 이내 사선으로 경로가 변하며 시가지 중심을 향해 맹렬히 돌진했다.

화아아아아아!

헬 파이어가 만들어낸 엄청난 열기와 바람의 흐름이 뒤에 있는 내게로 역풍(逆風)이 되어 느껴졌다. 동시에 화염 구체가 지나가는 그 아래로 비치는 오크들의 터전이 모습에 나타났다가 사라졌다.

"뀌에에에엑!"

누구였을까?

모두가 잠들었을 것이라 생각했던 한밤중에 갑작스레 나타난 화염구를 눈치채고 경고의 괴성을 지르는 한 녀석이 있었다.

하지만 뒤늦은 공허한 외침이었다.

샤아아아아아아!

가속이 더욱 붙은 화염구체는 눈 깜짝할 사이 엄청난 거리를 주파했고, 이내 도시 한가운데로 내가 예측한 공간을 정확하게 타격했다.

콰아아앙!

그 순간, 정말 영화에서나 보던 거대한 버섯구름이 도시 중앙에서 피어났다.

"들어가 볼까."

이것은 끝이 아닌 시작이었다.

블랙 오크와 곧 벌어질 전면전의 시작이었던 것이다.

*   *   *

"죽여라! 저놈을 죽여라! 크흐흐흐흣!"

흥분한 오크들은 거리에 모습을 드러낸 나를 향해 도끼를 든 채로 뒤도 돌아보지 않고 달려들었다.

오크들의 예민한 후각은 자신들의 무리 중에서 다른 냄새를 가진 인간인 나를 바로 찾아냈고, 내가 이 사건의 주범이라는 사실을 어렵지 않게 짐작한 것이다.

불길이 타오르는 시가지 중심에서는 이미 매캐한 연기와 함께 헛구역질이 절로 나올 정도로 시체 타는 냄새가 났다.

순식간에 모든 것이 한줌의 재로 화해 버린 길거리는 그야말로 아비규환의 장이었다.

이 모습이 머지않아 스페디스 제국에서도 현실이 된다. 내게 있어서는 앞서 경험하는 전쟁의 참상이 되는 셈이다.

"매직 미사일."

오크 족의 일반 전사 하나를 처리하는 데에는 그리 하이클래스의 마법도 필요하지 않았다. 가장 기본적인 마법인 1클래스의 매직 미사일이면 족했다.

휘이이이이이, 뻐억!

포물선을 그리며 순식간에 날아간 매직 미사일은 그대로 달려들던 오크 전사의 얼굴에 정면으로 명중했다.

정말 눈 깜짝할 새에 날아간 탓에 오크 전사는 피할 새도 없이 매직 미사일을 직격으로 얻어맞았고, 그 자리에서 목이 꺾여서는 안 될 방향으로 꺾여 버렸다.

"끄윽……."

뒤로 늘어나버린 목은 원래대로 돌아오지 않았다.

쿠웅!

원망스런 눈빛으로 두 눈을 부릅뜬 오크의 숨이 끊어진 시신이 힘없이 뒤로 나자빠졌다.

전투의 양상은 일방적이었다.

나를 노리고 수많은 오크 전사들이 달려들었지만, 쉴 새 없이 쏟아지는 광역 마법 속에서 전사들은 그야말로 개죽음을 당했다.

한 명의 숙련된 마법사가 기사보다 무서운 것은 이 때문이다. 기사와는 달리 접근도 해보기 전에 죽어나가는 경우가 허다하기 때문이다.

마스터급의 기사라 하더라도 오러 블레이드를 이용해 타격할 수 있는 범위는 제한적인 데다가, 광역 공격은 불가능하다.

물론 마법사와는 달리 대인전에서 파괴적인 공격력을 자랑하지만, 직접 마주치지 않는다면 크게 무서울 것이 없기도 하다.

하지만 마법사는 다르다.

상대가 9클래스의 마법사라면 위치조차 알 수 없는 장소에서 지금과 같이 거대한 불길을 소환해 내어 어디든 타격할 수 있다.

당하는 입장에서는 누가, 어디서, 어떻게 공격했는지도

알지 못한 채 당하고 마는 것이다.

오크들은 내가 전투에서 가장 즐겨 쓰는 마법인 7클래스의 마법, 라이트닝 스트라이크를 가장 두려워했다. 한 줄기의 전류가 손끝에서 방출되어 날아가면 피격된 오크가 전류에 감전된다. 당장에 즉사로 이어지는 엄청난 고압의 전류다.

라이트닝 스트라이크의 무서운 점은 가까운 거리 안에 또 다른 육체가 있으면, 전류의 끈이 계속해서 그 몸을 타고 이어져 연쇄 반응을 일으킨다는 것이다.

이로 인해 엄청난 수의 오크 전사들이 손도 쓰지 못하고 죽음을 당했다.

파괴적인 전류의 파장 속에서 전사들은 자신이 죽었다는 사실을 인지조차 하기 전에 온몸이 녹아내려 죽었다. 그나마 아슬아슬하게 목숨을 건진 오크들도 확인 사살에 가깝게 이어진 공격에 결국 목숨을 잃었다.

사태의 심각성을 파악한 오크 메이지 부대도 뒤늦게 전장에 합류했지만, 그 정도의 실력으로 9클래스의 마법사인 나를 상대하는 것은 무리였다.

초토화(焦土化)라는 말이 어울릴 정도로 나는 냉혹하게 오크들의 터전을 쓸어버렸다. 내가 지나가는 거리마다 거대한 불길이 타올랐고, 앞길을 가로막는 오크들의 목숨이 끊어졌다.

자정을 기해서 시작된 일방적인 공격은 한 시간도 채 되지 않아 끝이 났다.

분지 지대는 그야말로 거대한 불구덩이가 되었고, 살아남은 오크들은 뿔뿔이 흩어져 사방으로 도망쳤다. 누군가는 모르고스 산맥 쪽을 향해 달려갔으니, 이 소식을 전할 것이다.

주 터전인 모르고스 산맥에서 먼 거리가 떨어져 있는 이 분지 지대는 즉각적으로 오크들이 이 소식을 듣고 지원을 보내기에는 무리가 있는 곳이었기 때문에 아마 이 소식이 전해지는 데만도 며칠의 시간은 족히 걸릴 터였다.

*　　*　　*

화르르륵. 화르르륵.

사방이 온통 붉었다.

생명의 흔적이 불길에 휩싸여 사라지고, 나 혼자만 남은 도시 한가운데에서 나는 무표정한 얼굴로 주변을 둘러보았다.

수많은 목숨이 일순간에 사라졌다.

엄밀히 말하자면 지금 이곳에 서 있는 나 자신을 통해서

다. 내가 벌인 일이었다.

그런데… 이상하리만치 아무렇지도 않았다. 일말의 죄책감이나 양심의 가책 같은 것도 없었다.

그리고 이러한 전장의 불길 한가운데에 서 있는 것이 어색하지도 않았다.

"닳아버렸지. 감정의 선(線)이라는 게."

무심해져 버렸는지도 모른다.

내 스스로도 수십 번도 넘게 죽었다가 다시 환생하여 살았고, 그 과정에서 수많은 감정을 경험하며 남들은 상상도 할 수 없는 긴 기간을 살았다.

해탈해 버린 듯, 언제부터인가는 내게서 일어나는 감정의 변화에도 무덤덤해진 것 같았다. 사랑의 감정에 설레다가도, 다시 보면 무신경한 상태로 되돌아와 있곤 했다.

물론 지금 내가 로이니아에게 가지고 있는 감정은 여전히 특별하고, 그녀와는 신선한 자극을 주고받는 관계이기는 하다.

하지만 여타 평범한 연인들처럼 그녀를 보지 못한다고 해서 참을 수 없겠다거나, 그녀가 너무 보고 싶어 어쩔 줄 모르겠는 그런 애타는 감정 같은 것은 쉬이 생겨나지 않는다.

보지 못하면 보지 못하는 대로 잘 지내고 있을 것이라 생각하고, 달리 질투나 그런 생각도 들지 않는다. 헤어지면…
헤어지는 대로 상관없다 여기게 되곤 하는 것이다.

전쟁도 마찬가지였다.

아직 식지 않은 피가 사방에서 흘러내리고 있는 현장이
었지만, 나는 마치 다른 공간에 있는 사람처럼 무신경하
게 숨이 끊어진 오크들의 시신을 내려다보고 있는 것이었
다.

*　　　*　　　*

"이것이 그대가 말하는 미래를 아는 힘이라는 것이군. 날
실망시키지 않겠다고 말한 그 힘이기도 하고 말이야."

나는 그 후, 멜디르를 만나기 위해 이동했다.

기다리고 있었다는 듯이 나를 맞이한 멜디르는 나를 몇
차례의 비밀 문을 통과해야만 이동할 수 있는 곳까지 안내
하고는 그 안에 들어가서야 비로소 말문을 열었다.

멜디르의 사적 공간, 개인실로 보이는 이 안에는 정말 수
많은 것들이 가득 담겨 있었다.

마나의 정수가 담겨 있는 최상급 마나석부터 해서, 마치
CCTV처럼 원하는 곳의 영상을 담아볼 수 있는 마나 수정구
도 존재했다.

물론 이 영상을 보기 위해서는 해당 포인트를 직접 투영할 수 있는 마법사가 존재해야 했다.

엘프 족은 오크들과는 달리 그런 고등 문명의 개체가 존재했고, 멜디르는 처음부터는 아니더라도 오크들의 터전이 순식간에 불바다가 되는 것을 두 눈으로 확인했다고 했다.

직접 본 것을 믿지 않는 사람은 없다.

어떻게 보면 멜디르는 이 세계에서 나, 그러니까 '레논'이라는 존재가 9클래스의 마법사임을 가장 먼저 확인한 사람이기도 했다.

하지만 그는 엘프의 로드였고, 나와의 관계에 대해서 다른 곳에 공개를 하거나 알림으로써 불필요한 소요를 만들 존재가 아니었다. 그래서 우리의 관계는 이렇게 비밀스러운 것이었고, 지금 역시 은밀히 대화를 나누고 있는 것이다.

"원하든 원하지 않았든, 그대는 내게 약점 하나를 쥐어주게 된 셈이다. 물론 인간들은 오크들과의 전쟁을 준비하고 있고, 이번 일이 영향을 미친다고 해서 상관은 없겠지만."

"상관없습니다. 설령 알려진다고 하더라도, 그 나름대로의 방비는 생각해 두었으니까요."

"후후, 배짱이 있군. 그래, 이제 그대가 가진 힘으로 드래곤에 대적해 볼 수 있을 것 같나?"

멜디르는 바로 화제를 돌렸다.

그의 협박 아닌 협박이 진심이 아닌, 나의 감정을 떠보기 위함이었음을 나는 어렵지 않게 짐작할 수 있었다. 멜디르는 철저하게 실리를 추구하는 존재다.

그는 블랙 드래곤의 제안에 넘어가 그들에게 협력하는 것이 당장에는 드래곤을 후원자로 두었다는 든든함이 될지는 몰라도, 결국 장기 말이 되어 이리저리 쓰이다가 토사구팽 당할 것이라는 점을 확실히 인지하고 있는 듯했다.

사실 이 대륙의 전쟁에 블랙 드래곤이 처음부터 전면에 나서지 않고 블랙 오크가 총대를 메고 앞으로 나선 것도, 인간들이 전력으로 맞서면 드래곤이라고 해서 쉽게 손을 쓸 수가 없기 때문이다.

인류가 만들어낸 문명의 기록과 시간들은 결코 헛된 것이 아니었다.

그래서 블랙 드래곤은 과거 오크와 엘프를 총알받이 삼아 껄끄러운 인간들의 주요 전투 전력들을 제거했고, 그들이 약해진 틈을 타 일거에 핵심 지역을 점령했던 것이다.

"아직은 부족합니다. 인간이 상대라면 이야기가 다르겠지만, 상대는 드래곤이니까요."

"미래를 아는 자의 특권인 것인가… 정말로 신비롭고 경이로운 일이군. 시공의 흐름을 조정하는 절대자는 정말로 존재하는 것인가?"

"굳이 무어라 말을 덧붙이진 않겠습니다."

"다시 한 번 묻고 싶군. 그대가 아는 과거에서 우리 엘프들은 항상 드래곤에게 협력했었고, 그 미래는 항상 같았다지?"

"그렇습니다. 시기의 차이만 있었을 뿐, 그저 인간보다 뒤늦게 그 운명을 따라갔을 뿐이었습니다. 블랙 드래곤의 로드 라키시스는 동족 이외의 모든 개체들을 열등하다 여기고, 필요에 의해서 이용하려 할 뿐 진심으로 상대하지 않습니다. 앞서의 삶에서 그래온 라키시스가 이번 삶에서 달라지리라고 생각하지는 않습니다."

"그대가 내가 원했던 바를 현실로 만들어줬으니, 나도 현실적인 이야기를 꺼내지 않을 수가 없게 됐군. 자, 앉지. 이야기가 좀 길어질 수도 있으니까 말이야. 그대의 이름을 알고 싶네. 그대의 이름이 뭐지?"

"레논입니다."

"레논. 간단하고도 좋은 이름이군. 그래, 레논. 여기 앉지. 할 이야기가 많으니 말이야."

"알겠습니다."

"자세한 이야기를 시작해 볼까."

"얼마든지 환영합니다."

외부와 완벽하게 단절된 공간 속에서 멜디르와의 대화는 그렇게 시작됐다.

나와 멜디르 둘을 제외하고는 그 어느 누구도 알지 못하는 밀실(密室) 대화였다.

*   *   *

많은 대화가 시간을 두고 계속해서 이루어졌다.

멜디르는 때때로 내가 하는 대화에 맞춰 다양한 반응을 보이며 경청하는 모습이었다. 나 역시 멜디르와의 대화를 놓치지 않기 위해, 그의 말 하나하나를 빼놓지 않고 새겨들었다.

멜디르는 냉정했다.

엄밀히 말하자면 멜디르는 인간들과 협력하고 싶어 하지 않았지만, 그렇다고 해서 드래곤에게 이용당하고 싶지도 않아했다.

대신 종족 간의 앙금 때문인지 블랙 오크에 대한 적개심은 여전히 존재했다.

그래서 멜디르는 블랙 오크에게 영향을 줄 수 있는 방법, 그리고 그들에게 펼쳐질 미래를 가장 궁금해했다.

나는 소위 말하는 '천기누설'이 되지 않는 선에서 앞으로 오크들에게 펼쳐질, 그리고 우리에게 펼쳐질 미래에 대해 알려주었다.

"만약 우리가 오히려 인간들과 연합하며 블랙 오크들을 조기에 공략한다면? 그림은 또 달라지지 않을까. 그대, 레논이 말한 그림대로라면 블랙 드래곤은 오크와 엘프를 이용했고 변절한 인간들을 이용했다. 그 그림에서 엘프인 우리가 빠지고 가장 껄끄러운 개체인 블랙 오크의 수가 줄어든다면… 악순환은 사라지지 않을까?"

멜디르의 생각은 참신했다.

그는 내가 말해주는 미래에 예견되는 일들을 허투루 듣지 않고 받아들였다.

멜디르는 인간, 오크, 엘프, 드래곤 이렇게 4개의 종족이 맞물려 뒤섞이게 될 대륙의 미래에 대해 매우 흥미 있어 했다.

그리고 자신들, 엘프가 이 판도에서 꽤 중요한 열쇠라는 점에도 흥미와 동시에 자부심을 느끼는 모습이었다. 그래서 새로운 관점으로 상황을 본 것이다.

항상 인간 vs 오크, 엘프, 드래곤의 구도였던 과거와 달리, 인간 vs 드래곤의 단순한 구도가 완성될 수 있도록 오크를 제거하는 데 전력을 다하면 어떨까 하는 생각을 한 것 같았다.

"지금껏 제가 보아왔던 것과는 다른 미래가 펼쳐지게 될 겁니다. 드래곤이 어부지리를 얻는 그림도 사라지게 될 것이고, 대립 구도도 새로이 개편될 겁니다."

"레논은 내가 어떻게 할 것 같나?"

멜디르는 내게 단도직입적으로 물었다.

미사여구를 듣고 싶어서 묻는 말이 아니다. 인간의 눈에 보이는 자신이 어떤 모습인지 알고 싶은 것일 뿐.

"처음에는 지켜보고, 이후의 전세가 어떻게 돌아가는가를 판단한 다음에 움직이시게 될 겁니다. 이 일에서 엘프들이 큰 희생을 하는 것을 바라지는 않을 테니까요. 하지만 무리해서 인간들을 적으로 돌리는 일도 하지 않을 겁니다. 관망. 이 단어가 가장 적합한 표현일 겁니다."

"정확히 보았군."

멜디르는 솔직하게 인정했다.

나도 멜디르가 그렇게 움직일 것이라는 것을 알고 있다.

다만 과거에 비하면 이것은 장족의 발전이다.

이제 최소한 엘프는 인간의 적은 아니게 되었다. 인간 1과 드래곤, 엘프, 오크라는 3의 구도에서 벗어나 일 대 이가 될 수 있는 구도로 만들어진 것이다.

"그대는 미련 없이 나와의 약속을 이행했고, 강력한 힘을 보여주었다. 어쩌면 신은 그대뿐만이 아니라 내게도 선택지를 주고 시험을 하고 있는 것일지도 모르지. 신으로부터 '특별한 삶'을 부여받은 레논, 그대가 살아가는 삶에 손을 들어줄지, 운명은 어떻게든 변하지 않는다는 말에 손을 들어줄지… 말이야."

"결정을 재촉하지는 않겠습니다. 이제 저는 저대로 앞으로의 그림을 그려 나갈 겁니다. 멜디르 님께서는 그 그림을 같이 붓을 잡고 그릴지, 아니면 짓밟고 깔아뭉개어 찢어버릴지를 선택하시면 되겠지요. 하지만 어리석은 선택을 하실 것이라고는 생각지 않습니다."

"내게 하고 싶은 말은 그게 다인가?"

멜디르의 눈빛이 반짝인다.

내가 좀 더 매달리길 바라는 것일까, 아니면 당당하게 굴기를 바라는 것일까.

그것만큼은 나도 쉽게 예측하기 힘들다. 하지만 확실한 것은 내가 어떤 반응을 내어 놓더라도, 멜디르는 이미 자신만의 생각이 확고하다는 점이다.

"저는 제가 이끌어낼 수 있는 최고의 결과를 만들어 낼 겁니다. 그 과정에 변수가 있을지언정, 실패는 있을 수 없습니다."

나는 힘이 가득 실린 말로 명확히 답을 했다.

이미 99번의 실수를 반복한 삶이다. 마지막까지 실패라는 이름으로 채워 넣고 싶지는 않다.

"그대를 너무 괴롭히는 말만 골라서 했군. 이것 한 가지는 내가 약속하지. 앞으로 반 년. 우리 엘프는 인간들에게 선제공격을 받지 않는 한, 먼저 인간들을 공격하지 않을 것이야. 완벽하게 제3자의 입장에 서서, 돌아가는 판도를 냉정하게 관찰하고 판단할 예정이야."

"그 정도 답이면, 충분합니다."

나는 고개를 끄덕였다.

적극적 협력? 드래곤에 대한 배신? 오크들을 향해 총공격?

이런 것들은 애초에 기대하지도 않았다.

"하지만 경고도 하나 해두도록 하지. 만약 그대뿐만이 아니라 인간들이 우리 엘프를 적으로 규정하고 전쟁을 유도하려 한다면… 그때는."

"그때는?"

"우리 종족의 번영과 안위를 위해 전력을 다해 레논 그대와 인간의 모든 꿈과 미래를 짓밟아 버릴 것이다."

"알겠습니다. 이야기는 충분히 발전적이었던 것 같군요. 만족합니다."

"후후, 오늘의 만남은 그대가 원하기 전까지는 비밀에 부치기로 하지. 아무도 모르는 우리 둘만의 비밀스런 대화로."

"좋습니다."

나는 고개를 끄덕였다. 그리고 다시 용병단으로 돌아가기 위해 장거리 텔레포트를 활성화시키기 시작했다.

마법진이 활성화되는 동안, 멜디르는 잠시 생각에 잠긴 듯 내 뒷모습에 시선을 고정시키더니 이내 자신의 서재 쪽에서 무언가가 그려진 종이 한 장을 내게 가져오기 시작했다.

아직 텔레포트가 활성화되려면 시간이 남아 있었고, 확인할 여유는 충분했다.

"이건 무엇입니까?"

"선물 혹은 독이 될 수도 있는 내용이 담겨 있지. 여기서 굳이 무어라 말하면 김이 빠질지도 모르니 가지고 가도록 해. 어떻게 쓸지는… 레논, 그대의 마음에 달려 있으니……."

"감사히 받겠습니다."

나는 멜디르로부터 전해 받은 한 장의 종이를 조심스럽게 받아 들었다.

"다시 나를 만나고 싶다면 이 자리로 찾아오게. 모두의 눈을 피해 은밀하게 만날 수 있을 테니."

"그렇게 하도록 하지요."

"잘 가게. 나도 이제 생각할 것들이 많아지겠군. 더 인사는 안 하도록 하지."

"예."

내가 고개를 숙여 인사를 하자, 멜디르가 고개를 끄덕이고는 개인실 한편에 활짝 펼쳐진 대륙 전도를 향해 시선을 돌렸다.

그의 시선은 블랙 오크들이 있는 모르고스 산맥과 엘프들의 터전 아이로니아에 집중되어 있었다.

나 역시 텔레포트가 시전되기까지의 시간을 보내기 위해 멜디르로부터 전해 받은 종이를 조심스럽게 펼쳤다.

그 순간, 나는 예상치 않았던 종이 속의 내용에 놀라 두 눈을 번쩍 떴다.

이것은 오크들의 터전, 모르고스 산맥의 비밀 이동 통로와 오크 로드 게우게스가 머물고 있는 핵심 거점의 내부 지도가 그려진 내용이었다.

파아아앗!

그와 동시에 텔레포트가 이루어졌다.

전혀 생각지도 않은 곳에서 얻게 된 새로운 자료.

나에게 새로운 국면으로의 전환이 생기는 시점이었다.

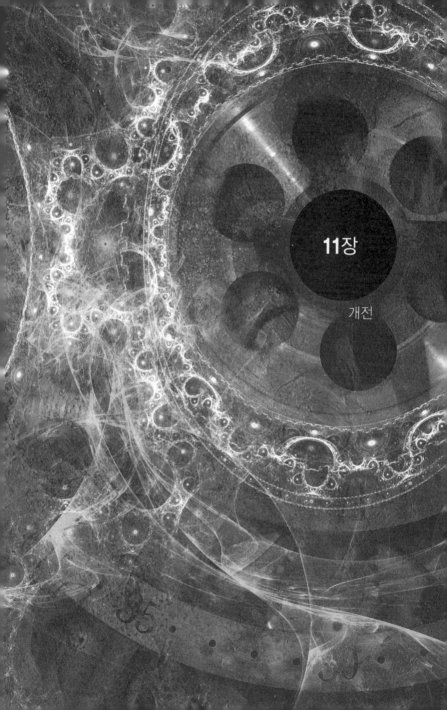

11장

개전

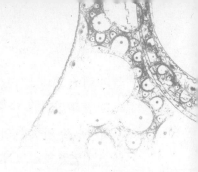

　"이걸 내게 주었다는 건……."

　되돌아온 작업실에 크리스티나는 없었다.

　수북하게 쌓여 있는 자료집들은 그녀가 얼마나 많은 자료들을 신경 써서 보고 있었는지를 말해주고 있었다. 피곤함을 참지 못하고 자러 간 모양이었다.

　라이트 마법으로 멜디르가 건넨 종이 속의 그림을 좀 더유심히 살펴본 나는 이것이 얼마나 중요한 정보를 담고 있는 것인지 새삼 느낄 수 있었다.

　내가 많은 경험을 바탕으로 가진 기억들이 많지만, 오크들의 터전에 대해서는 아니었다. 모르고스 산맥의 지형 정도는 알고 있지만, 내부까지 잠입했던 적은 없었다.

멜디르가 이것을 어떤 경로로, 어떻게 입수했는지는 말해주지 않았으니 알 길이 없었다. 설령 물어본다 하더라도 말해줄 리는 없다.

다만 이것은 100번째, 지금의 삶에서 처음으로 보는 자료인 만큼 생소하면서도 한편으로는 반갑게 느껴졌다.

지도 속의 거점은 그야말로 길을 알 수 없는 복잡한 미로의 연속이었다.

그려진 그림만 봐도 오크 로드 게우게스가 머물고 있을 사령부의 중심은 정말 수많은 굴곡진 길의 경로를 정확히 알고 있지 못하면, 들어가도 헤어나지 못할 것 같은 구조로 되어 있었다.

오크 로드 게우게스에게 있는 아이거의 조각은 게우게스가 직접 장신구로 만들어 가지고 있는 것으로 알고 있다. 그렇다면 이 지도를 이용해 사령부 중심으로 들어가야 한다는 이야기다.

제아무리 오크라고 하더라도 자신들의 통치자이자 리더인 게우게스에 대한 방비를 소홀히 할 리가 없다. 그리고 블랙 드래곤들 역시 최소한의 안배는 해두었을 것이다.

그렇다면 다이렉트로 장거리 텔레포트를 이용해 단번에

거점에 들어가는 것도 불가능하다.

그렇게 되면 십중팔구 블랙 드래곤이 만들어 놓은 마나 간섭에 걸려들게 될 것이고, 이럴 경우에는 전혀 엉뚱한 곳에서 텔레포트가 완료되게 된다. 자연스럽게 함정에 빠지게 될 수도 있다.

그래서 그 점을 보완할 수 있는 것이 바로 산맥 곳곳에 위치한 비밀통로의 위치를 표시한 지도였다. 멜디르가 내게 건넨 정보는 그야말로 블랙 오크들의 일급 기밀과도 같았다.

"지금 쓸 수는 없겠지만, 전쟁이 시작되면 변수를 만들어 낼 최고의 조건으로 사용할 수 있어."

나는 다시금 지도를 자세하게 훑어보고는 품속에 지도를 넣었다.

이 지도는 두고두고 계속해서 보면서 숙지할 필요가 있었다.

워낙에 자세하게, 그리고 아주 작은 그림으로 빽빽하게 그려져 있었기 때문에 외우려면 시간이 조금 필요할 것 같았다.

그렇다고 그때마다 지도를 펼치면서 내가 어디에 있는지를 확인하고, 시간을 지연할 수도 없었다.

모든 지도의 내용을 머릿속에 이미지화 하지 않으면, 혹여 이 지도를 따라 움직이게 되더라도 기동성이 현저하게 떨어지게 된다.

"곧… 반응이 오겠지."

쑥대밭이 된 오크의 터전.

얼마 지나지 않아 이 소식이 게우게스에게 전해지게 되면, 그때는 정말 본격적인 전쟁이 시작될 것이다.

초토화된 오크들의 도시는 게우게스에게 보내는 경고와도 같았다.

비록 블랙 오크들이 뒤에 블랙 드래곤이라는 존재를 두고 있다고 하더라도, 인간들이 그냥 당하고만 있지는 않을 것이라는 완벽한 경고를 한 셈이었다.

물론 게우게스에게 이런 경고는 오히려 도발이 될 것이 분명했다. 전쟁은 피할 수 없다.

"눈을 좀 붙여볼까."

피곤했다.

전쟁이 시작되면, 그때는 잠을 쪼개거나… 혹은 잠조차 잘 수 없는 강행군의 연속이 될지도 모른다. 앞으로 내게 필요한 것은 확실한 휴식이었다.

그리고 전쟁이 시작되면.

빈틈을 노려 이 지도를 따라 오크들의 거점으로 접근해 볼 생각이었다.

나의 마법적 성취, 그 성취의 마침표를 찍게 해줄 마지막 징표가 아직 남아 있었다.

아이거의 마지막 조각까지 손에 넣는다면… 그때는 최소한 드래곤에게 허망하게 당해 죽지는 않을 것이다.

*   *   *

시간은 쏜살같이 이틀을 흘러갔다.

이틀의 시간 동안 용병단의 용병들은 너 나 할 것 없이 훈련하고 또 훈련했다.

크리스티나는 식사 시간과 수면 시간을 제외하고는 거의 모든 내용을 외우다시피 블랙 오크들에 대한 자료를 탐독했고, 나 역시도 지도의 내용을 남김없이 머릿속으로 외웠다.

"비상 대기 명령이 떨어졌다. 블랙 오크들이 대규모로 움직일 조짐을 보이고 있다. 그런데 중앙 정부에서 전달된 정보에 따르면, 예상치 못했던 일이 블랙 오크들에게 벌어졌다고 하더군. 있을 수 없는 일이 말이야."

제도(帝都)의 중앙군으로부터 통신석을 이용해 소식을 전달받은 테노스는 바로 용병들을 소집했다.

비상 대기란 말 그대로 언제든 출정할 준비를 하라는 뜻으로, 명령이 떨어지자마자 바로 군용 텔레포트 마법진을 이용해 전장과 가까운 곳으로 떠나게 됨을 의미했다.

혹자들은 왜 용병들이 나랏일에 이렇게 전적으로 협조하는지를 궁금해할 수도 있겠지만, 이것은 아주 오래된 스페디스 제국인의 국민성과 연관이 있었다.

중앙군이든 용병이든 할 것 없이 스페디스 제국의 사람들은 '국가가 있어야 자신도 존재한다' 라는 신념을 가지고 있었다.

어렸을 적부터 다양한 방식으로 교육을 받은 산물이기도 했고, 오랜 시간 제국민들에게 뿌리내린 의식이기도 했다.

그래서 블랙 오크와 전쟁이 발발했을 때, 스페디스 제국이 중심을 잡고 있어야 하는 이유가 이 때문이었다.

신성 제국 연합에 소속된 다른 국가들이나 마도국 자르가드는 우선 군인들부터가 목숨을 부지하고자 도망치는 경우가 많았고, 일찌감치 변절하여 첩자 노릇을 하는 경우가 허다했다.

하지만 스페디스 제국은 비록 귀족들과 그 연대 세력들은 썩었을지언정, 군인들과 용병들은 의로운 뜻을 지닌 자들이 많았다.

과거의 삶 속에서는 이런 군인들과 용병이 채 전쟁을 대비하기도 전에 오크들과의 전면전이 발생했거나, 오크들이 일으킨 홍수로 인해 제국 남부가 쑥대밭이 되면서 전염병이 창궐하는 등 변수들이 상당히 많았었다.

그러나 이번의 삶에서는 그런 변수들이 최소화됐고, 위험이 될 만한 요소들은 내가 미리 손을 써놓아 없앴다.

제국 남부가 물바다가 되었어야 할 홍수는 일어나지 않았고, 고작 몇 개의 하천이 범람하면서 소수의 이재민이 발생하는 선에서 끝났다.

그리고 앞서 몇 번의 언질과 암시를 줌으로써, 제국의 중앙군에서도 블랙 오크들의 움직임에 대비할 시간을 벌었다.

그 준비 과정이 수동적으로 발생했는지, 능동적으로 발생했는지는 중요치 않았다.

"무슨 일인데 그렇습니까?"

아론의 눈빛에는 호기심이 가득했다.

웬만해서는 놀라지 않는 테노스의 표정이 평소와 달랐기 때문이다. 좀처럼 감정 표현을 잘하지 않는 테노스가 '있을 수 없는 일'이라며 놀라고 있으니, 더욱 관심이 끌리는 눈치였다.

"마법사의 공격으로 모르고스 산맥에서 남동쪽으로 떨어진 지점에 있는 소도시 하나가 초토화됐다. 말 그대로 도시

전체가 불바다가 되어버렸다고 하는군. 문제는 이 도시를 공격한 것이 다수의 마법사나 공성 병기가 아닌 마법사 개인의 움직임이었다는 것이다."

"그래서요? 테니, 더 말해 봐요."

에일리가 되물었다.

이 자리에는 다행히 카트리나는 없었다.

아마 카트리나가 자리에 있었다면, 스스럼없이 애칭을 내뱉는 그녀의 한마디에 카트리나가 깊은 질투심을 느꼈을 것이다.

"이건 이미 확정적이야. 9클래스의 마법사가 오크들의 소도시를 공격한 거야."

"그게 왜 놀랄 일입니까. 그렇다면 메디우스 님의 안배겠지요."

알렉세이가 코끝을 훔치며 심드렁한 표정으로 테노스의 말을 받았다.

"설마 내가 메디우스 님이 그런 안배를 하실지 '몰라서' 지금 이런 놀라움을 느끼고 있는 것이라 생각하나?"

"아닙니다. 생각이 짧았습니다."

알렉세이가 바로 꼬리를 내렸다.

맞는 말이었다. 테노스는 가벼운 일로 호들갑을 떠는 사람도, 부풀려 말하는 사람도 아니다.

지금 이 자리에서 언급되고 있는 '9클래스의 마법사'는 다른 사람이 아닌 바로 나에 대한 이야기였다. 하지만 알려지기 전까지는 비밀로 하는 것이 좋다.

지금은 아군이든, 혹은 블랙 드래곤이나 오크와 같은 적군이든⋯ 이 9클래스의 마법사를 메디우스로 생각하는 것이 가장 이상적이다.

스승인 메디우스에게는 미안한 일이지만, 드래곤들로 하여금 시선을 돌릴 수 있는 아주 유용한 수단이기도 하다.

"우리가 모르는 9클래스 마법사가 있다는 이야기 같은데요?"

클라크가 말을 보탰다.

그러자 테노스가 고개를 끄덕였다.

"맞아. 지금 제국에서도 모르는 9클래스의 마법사가 있다는 것이다. 메디우스 님은 소도시에 공격이 펼쳐지던 그 시점에 아카데미에서 여전히 강의를 하고 계신 중이었다. 알다시피 장거리 텔레포트를 학생들 앞에서 만약 시전하고 이동했다면, 그 기억이 누군가에겐 남아 있었겠지. 하지만 모든 아카데미의 학생들이 메디우스 님으로부터 강의를 들었음을 증명하고 있어. 메디우스 님 본인도 부정하고 계시지. 그 이야기는 무엇이겠나? 9클래스의 마법사가 한 명 더 있다는 것이다."

"그건 불가능한 일에 가까울 것 같은데요? 그 정도의 실력을 가진 마법사를 메디우스 님도 모르고, 저희도 모르고, 제국에서도 모른다는 게 말이 됩니까?"

아론이 물었다. 아론의 말에 동료들도 모두 하나같이 동시에 고개를 끄덕였다.

"그러니까 놀랄 만한 일이라고 하고 있는 거지…….. 확실한 건 마도국 소속은 아니다. 흑마법사가 아니라 백마법사다. 그리고 신성 제국 소속에서 확인된 9클래스의 마법사는 메디우스 님밖에 없고, 8클래스의 마법사도 이제 갓 클래스 상승을 경험하신 알케론 님과 카디프 님, 지그나트 님이 전부다. 연속적인 클래스 상승은 있을 수 없는 일이야."

"어찌됐건 확실한 것은 우리가 알지 못하는, 하지만 분명 엄청나게 큰 전력이 될 수 있는 마법사가 존재한다는 이야기 아니에요?"

크리스티나의 말이 가장 큰 핵심이기는 했다.

공개되지 않는 엄청난 전력이 존재한다는 것. 그러나 그가 누군지 알 수 없다는 것이 지금 테노스가 말하고 있는 이야기의 주요 골자였다.

"내가 이 이야기를 하는 것은 우선은 이 점을 알아두는 한편, 앞으로 어떻게 대응할지를 미리 말해두기 위해서다. 메디우스 님께서는 이번 문제를 두고 자신이 벌인 것처럼 각본을 짜기를 원하셨다. 그게 무슨 말인가 하면… 세상에 모습을 드러내지 않은 정체불명의 이 9클래스의 마법사를 보호하고 싶으신 거다, 메디우스 님은. 우리도 진실은 알고 있되, 말하는 바는 다르게 해야 하는 거지. 여기 있는 모두가 명심해야 해. 특히 레논, 마법사로서 자부심과 사명감을 느끼더라도, 이 사실을 있는 그대로 말하는 일은 없도록 해."

"물론입니다. 당연히 그래서는 안 될 일이죠."

나는 고개를 끄덕였다.

메디우스는 역시 현명한 사람이었다.

그 9클래스의 마법사가 나라는 사실은 생각지도 못하고 있겠지만, 그는 지금의 이 상황이 인간과 제국의 미래를 위해서도 자신의 소행으로 몰아가는 것이 옳다고 판단한 것이다.

이 진실을 알고 있다는 것은 지금 전쟁을 대비하고 있는 군인과 마법사, 용병들 모두의 사기 진작에 도움이 될 만한 것이기도 했다.

9클래스의 마법사가 하나가 아닌 둘이라는 것.

그것만큼 더 충격적이고, 더 힘이 되는 소식은 없을 테니까.

"이번 일로 자극을 받은 블랙 오크들이 움직이기 시작하면… 그때부터는 전면전이다. 이미 수도에서 중앙군이 남하하기 시작했고, 전투 마법사 부대도 신속히 군용 텔레포트를 이용해서 이동 중이다. 우리도 명령이 떨어지는 대로 움직인다. 참전 명령만 중앙군에게서 직속으로 받고, 그 이후는 용병단 단위로 움직이니 참고하도록."

"옛!"

"예엣!"

결정은 신속하게 내려졌고, 이제 전장으로 가는 일만 남았다.

블랙 오크들과의 전쟁.

아직까지는 내 모든 진면목을 보여줄 필요도 없었고 보여도 안 되었다.

조용히… 물 속 깊숙이 발톱을 숨기고 있는 잠룡처럼 때를 기다리며, 블랙 드래곤의 허를 단숨에 찌를 수 있는 그때를 노리는 것이다.

그렇게 라키시스의 빈틈을 파고드는 그 순간!

그때부터 지난 99번의 삶과는 달라진, 100번째 환생의 새로운 삶이 시작되게 되는 것이다.

그때부터는 과거의 기억, 경험, 흐름들은 모두 잊혀지고 새로운 기억의 역사들이 쓰여지게 될 터였다.

*   *   *

비상 대기 상태는 그리 오래가지 않았다.

두 시간 뒤, 다시 한 번 급보가 전달됐다. 블랙 오크들이 드디어 적극적인 진군을 하기 시작한 것이다.

평소 같았으면 아침을 시작함과 동시에 용병단에 의뢰를 전달하기 위해 오는 사람들, 혹은 의뢰를 수행하기 위해 용병단을 떠나는 용병들로 북적여야 할 용병단의 거리가 한산했다.

용병단의 거리에 위치한 각각의 용병단들은 각자 중앙군으로부터 도움을 요청받은 장소로 출발했다. 그중 가장 격전지로 향하는 용병단은 당연히 테노스―카트리나 연합 용병단이었다.

전투가 가능한 B급 용병들까지 모두 동원된 대이동이었기 때문에 규모가 상당했다.

그렇게 양측의 용병들을 모두 합치니 약 200명가량이 됐다.

그중에는 당연히 아이린도 포함이 되어 있었고, 나는 이동하는 내내 등 뒤로 쏟아지는 아이린의 시선을 느낄 수 있었다.

"레논. 궁금한 게 하나 있는데 말야."

"응."

"9클래스 마법사 있잖아. 메디우스 님 말고, 의문의 인물 말이야. 가칭 'X' 라고 하면 적당하겠네. 'X' 는 누구일 것 같아?"

"내가 그 답을 알 것 같아? 말도 안 되는 질문이잖아. 하하."

"그냥, 레논은 만물박사잖아. 왠지 후보로라도 추려볼 만한 사람이 생각나지 않을까 싶어서, 히히."

크리스티나가 천연덕스럽게 머리를 긁적이며 말했다.

"나도 궁금해. 누굴까 싶어."

"그 사람이 레논이면 정말 신기하겠다, 그치? 나 순간 소름 돋았어! 이런 이야기, 소설이나 연극 속이면 가능할지도 모르잖아. 알고 보니 내가 아는 사람이 엄청난 실력을 가진 사람이었다든가… 혹은 하늘에서 내려온 신이었다든가? 그런 이야기는 정말 많잖아."

"그래서 신화고, 그래서 전설이지. 그래서 소설이고."

"그러니까 말야! 그러면 어떨까 하는 생각을 했어."

크리스티나는 때때로 내 마음을 뜨끔하게 만들 때가 있다.

어쩔 때는 무신경하게 보이는 그녀가 가끔 빈틈을 찌르며 푹 들어올 때가 있는데, 이번도 마찬가지였다.

처음 크리스티나를 만났을 때도 평범하지는 않았었다. 왜냐면 과거의 내 삶에서 경험해 보지 않은 새로운 변수의 등장이었기 때문이다.

그래서 항상 크리스티나 앞에서는 행동이나 말을 조심했었다. 그것은 지금이라고 해서 다르지 않다.

어떻게 보면 크리스티나는 멜디르처럼, 내가 이번 생애에서 처음 만난 인연이기 때문에 더 조심스럽고, 그래서 관심이 가는 상대이기도 했다.

냉정하게 말하면 내게는 양날의 검과도 같다.

예를 들어 아이린이라든가 로이니아는 앞으로 내게 어떤 요소로 작용할지에 대한 데이터가 충분히 있다. 카터도 마찬가지다.

아이린은 언제나 내게 득보다 많은 실을 가져다주었기 때문에 멀리했고, 로이니아는 항상 내게 도움을 주었기 때문에 가까이했다.

카터 역시 내게 삶 초창기의 거대한 부와 만드라고라라는 인생의 전환점을 만들어주는 계기가 되기 때문에 가까이 했다.

이것들은 앞서의 경험이 있기 때문에 가능한 일이다. 하지만 크리스티나와 멜디르를 생각하면 조심스러울 수밖에 없다.

멜디르는 성향을 어느 정도 알고 있는 만큼, 그의 성향에 맞는 대응으로 최소한 손해가 될 관계는 아니도록 만든 것 같았다.

하나 크리스티나는 종잡을 수가 없었다. 분명 용병단의 동료이고 내 룸메이트이기도 한데, 때때로 그녀가 내게 독이 될지도 모른다는 생각을 한 적이 종종 있었다.

크리스티나는 출신 배경부터 시작해서 용병단으로 들어오기까지의 모든 과정이 내게는 베일에 싸여 있었기 때문이다.

그래서 그녀를 보면 친근함을 느끼다가도 이질감을 느끼기도 했고, 지금처럼 핵심을 정확하게 찌르는 말을 할 때면 마치 내 머릿속을 들여다보고 있나 싶은 생각도 들게 했다.

*   *   *

"알렉세이 오빠, 표정 좀 풀어 봐요. 너무 긴장한 것 같잖

아. 오빠는 이런 사람 아니잖아요?"

"후우, 긴장했다니 그게 무슨 소리야? 냄새나는 오크들을 상대하려니 기분이 찝찝해서 그런 거야."

크리스티나는 용병단의 막내, 그리고 여동생의 역할을 수행하는 귀염둥이답게 동료들을 챙겼다. 크리스티나의 붙임성 좋은 성격은 동료들에게는 인기가 많았다.

알렉세이의 말대로 테노스 용병단의 정예 용병들은 이번 전쟁을 놓고 달리 긴장하거나 표정의 변화를 보이지는 않았다.

그저 매일 목숨을 건 의뢰 속에서 살아온 삶의 연속이었기 때문이다.

하지만 주로 생활형 용병으로 활동하며 간간히 소규모 전투를 치르고, 굳이 목숨을 건 의뢰까지 수행할 필요가 없었던 A-급에서 B급으로 이어지는 용병들은 긴장한 기색이 역력했다.

이들은 군대로 말하지만 이제 갓 훈련을 받고 나온 신병이나 다를 것이 없었다.

이론적으로는 필요한 모든 것을 교육받은 용병이었지만, 실제 주 업무는 그게 아니었던 만큼 '죽을지도 모르는' 전장에 대한 두려움이 있었다.

그래서인지 테노스와 클라크, 아론은 계속 동료들을 응

원하고 독려하며 긴장을 풀어주었다.

긴장한 기색이 역력해 보이는 아이린 역시 카트리나 용병단 용병들의 격려를 받으며, 긴장을 풀어내는 모습이었다.

'쉽진 않겠지.'

나는 이 전쟁이 며칠, 아니 몇 주 만에 끝날 것이라고는 생각하지 않았다.

모르고스 산맥을 넘어올 오크들의 수는 상상을 초월할 것이고, 지금 파견되고 있는 스페디스 제국의 병력으로는 다양한 경로로 진공(進攻)하는 오크들의 전력을 모두 막기에는 부족할 것이다.

내 입장에선 최소한 남은 아이거의 조각을 회수하기 전까지는 내 본모습을 드러내지 않는 것이 좋았다. 분명 견제가 들어올 것이기 때문이다.

조각을 모을 때까지 나는 테노스 용병단에 소속된 6클래스의 마법사여야 한다.

마음은 당장에라도 밀려드는 오크들의 군단 위로 메테오나 헬 파이어와 같은 광역 공격 마법을 시전하고 싶은 마음이 굴뚝같지만, 이것이 매우 위험한 생각이라는 것을 나는 잘 알고 있다.

그림은 넓고 멀리 봐야 했다.

내게 있어 중요한 것은 오크가 아니다. 비단 나뿐만이 아니라 인류에게도 마찬가지다. 내가 본 모습을 드러내는 순간, 나는 필연적으로 드래곤들에게 포커싱이 될 수밖에 없다.

이미 지금도 메디우스는 드래곤들의 경계, 제거 대상 1순위가 되어 있을 터.

내가 등장하면 그 목록에 이름 하나가 더 추가되는 셈이다.

집중 견제를 받게 되면 그때는 메디우스가 되었든, 내가 되었든 쉽게 살아남기 힘들었다.

냉정한 소리가 될지 모르겠지만, 블랙 오크들의 뒤에 블랙 드래곤이 있다는 사실이 밝혀질 무렵… 그들에게 쫓기는 것은 반드시 메디우스가 되어야 했다.

* * *

쏴아아아아아아아.

블랙 오크들과는 비로 악연이 맺어진 사이인지, 맑았던 하늘이 순식간에 어두워지며 이내 먹구름이 굵은 장대비를 쏟아내기 시작했다.

졸지에 수중 이동이 되어버렸다.

용병들은 물기를 머금어 무거워진 장비를 착용한 채, 묵묵히 계속해서 이동했다.

그리고 군용 텔레포트 마법진이 있는 장소에 도착했을 때, 누가 먼저랄 것도 없이 짙은 한숨을 내쉬며 자리를 잡고는 앉았다.

이제 이 마법진을 이용해 이동하고 나면, 제국 남쪽의 도시로 이동하게 될 것이다. 그러면 반나절 거리로 바로 최전선에 마주치게 된다.

끝없이 몰려오는 오크들의 행렬 앞에서 용병들은 난생처음 경험하는 죽음에 대한 공포를 느끼게 될 것이고, 죽여도 죽여도 끝이 없는 오크들의 규모에 혀를 내두르게 될 것이다.

지금 이 자리에 있는 용병들 중, B급 용병들은 대다수가 죽을 것이다. 안타깝게도 나는 여기에 있는 용병들의 미래를 알고 있었다.

아이린은 예측할 수 없지만, 아까 단장 테노스의 격려를 직접 받으며 결의를 다졌던 청년 용병 다섯은 며칠 후에는 싸늘한 시신이 되어 있을 터다.

안타깝고 아쉽지만, 이 역시 변하지 않는 결과물이기도 했다.

"모두 준비해 주십시오. 바로 이동하겠습니다!"

텔레포트 마법진을 둘러싸고 있는 마법사들의 외침에 대기하던 용병들이 거대한 마법진 안으로 하나둘 모여들기 시작했다.

이미 활성화가 거의 다 끝난 마나석들은 계속해서 마법진에 동력을 주입하고 있었고, 반대쪽 좌표가 설정된 방향으로 용병들을 전송하기 위해 필요한 준비들이 거의 끝나 있었다.

이제 여기에 마법사들이 발동만 걸어주면 이동은 순식간에 이루어지는 것이다.

"모두 전투 준비! 이동하는 즉시, 신속하게 전장으로 이동한다. 우리 테노스, 카트리나 용병단의 명성에 먹칠을 하는 일이 없도록! 최선을 다해, 후회 없이 싸우자!"

"예에에에엣!"

"우오오옷!"

테노스의 힘이 가득 실린 외침에 용병들이 한목소리로 답했다. 카트리나는 흐뭇한 표정으로 테노스의 말에 고개를 끄덕이는 모습이었다.

"이동합니다!"

마법사의 외침이 들리고.

이내 활성화된 거대 마법진이 용병단원 전부를 이동시켰다.

공간의 왜곡, 그리고 재조합.

물에 퍼져 나가는 잉크처럼 뒤섞이던 주변의 광경이 다시 원래대로 돌아왔을 때. 우리는 방금 전보다 더 많은 비바람과 천둥 번개가 몰아치는 제국 남부에 도착해 있었다.

그리고 저 멀리, 모르고스 산맥을 출발해 불어오는 거대한 바람 속에서 짙고도 역겨운 피 냄새를 맡을 수 있었다.

*　　　*　　　*

개전.

전쟁이 시작됐다.

예상했던 대로 블랙 오크들은 성난 파도 같은 기세로 밀려들었다.

그들은 장대비가 만들어낸 어둠을 틈타 다양한 갈래로 제국 남부 전역을 향해 진군했고, 그중의 일부가 맞대응을 시작한 제국군과 만나 혈투가 펼쳐졌다.

예상대로 용병들과 병사들은 너 나 할 것 없이 고군분투했지만, 블랙 오크들은 호락호락하지 않았다.

맹렬한 기세로 돌진해 오는 오크들의 기세와 엄청난 완

력(腕力) 속에서 많은 제국군들이 피를 흩뿌리며 죽어나갔다.

체계적으로 오랜 기간 전술 훈련을 받은 오크들은 수십년 전에 통제 없이 중구난방으로 싸우던 그런 오크들이 아니었고, 전략적으로 움직이며 흐트러진 대열의 빈틈을 비집고 파고들었다.

정예 용병들을 중심으로 대열을 유지하며 싸운 우리 용병들을 상대로는 블랙 오크들이 꽤나 고전하는 모습이었지만, 제국군의 운명은 저마다 달랐다.

전장을 한가득 수놓은 블랙 오크들의 함성 소리는 어린 신병들의 간담을 서늘하게 만들기에 충분했고, 굳어버린 몸은 100%의 전투력을 발휘하지 못했다.

오크들의 공격에는 거침이 없었고, 핏물이 뚝뚝 흘러내리는 도끼와 둔기, 검이 허공을 가를 때마다 비명 소리와 함께 주인을 잃은 신체의 일부들이 속절없이 떨어져 내렸다.

나는 테노스의 허락을 받고 대열에서 빠져나와 오크 전열의 후방을 노렸다.

정면에서 맞서는 것은 힘과 힘의 대결로 마법사에게는 그리 환영할 만한 진형이 아니었다.

접근전을 하는 검사들에게는 아군 마법사의 마법 공격

이 오히려 전투를 하는데 방해 요소가 될 수 있기 때문이다.

아니, 경우에 따라서는 부상이나 사망으로도 이어질 수 있었다.

그래서 나는 블링크를 이용해 자리를 조정하며, 후방에서 밀려오는 오크들을 상대하기로 했다.

크리스티나도 나와 비슷한 생각을 했는지, 전열에서 빠져나온 뒤, 은밀히 이동하며 블랙 오크들을 진두지휘하는 역할을 하는 '대장 격'의 오크들을 암살하는 모습을 보이고 있었다.

베어도 베어도 끝이 없는 오크들의 행렬.

전투는 일진일퇴를 거듭하는 가운데, 점점 제국군이 밀리는 형세로 기울기 시작했다. 이건 어쩔 수 없는 상황이었다.

그리고 이런 상황이 발생하면, 용병단 차원에서 전략적으로 후퇴하기로 사전에 브리핑이 된 상태였다.

한데 바로 그때.

잠시 전투가 소강상태에 접어들며 약간의 휴식 시간이 생긴 상태라, 마침 휴식을 취하고 있던 테노스가 반짝이는 통신석의 신호를 확인하고는 바로 연결했다.

이 값비싼 통신석을 통해 전해질 정도라면 결코 가벼운

소식이 아니었기 때문이다.

나 역시 한숨을 돌리던 차에 어떤 소식인지 확인하기 위해 테노스에게로 가려는 순간, 흙빛이 된 테노스가 입술을 질끈 깨물며 말을 이었다.

그 내용은 나조차도 전혀 예상하지 못한, 정말 예상치도 못한 곳에서 튀어나온 또 다른 변수였다.

"자르가드의 전력들이 일제히 제국 동부를 공격하기 시작했다고 한다. 지금… 놈들의 군세가 알펜 산맥을 넘었어."

이건 절대 자르가드의 의지가 담긴 공격이 아니었다.

분명 배후를 조종한 세력이 존재한다.

그것이 누구이겠는가?

바로 블랙 드래곤이었다.

'상황이 이렇게 흘러가게 되면……'

일순간 머릿속이 복잡해졌다.

생각은 했지만, 설령 튀어나온다 하더라도 한참 후가 될 거라 생각했던 마도국 자르가드라는 '변수'가 등장한 것이다.

변수.

변수.

변수!

마치 '그'의 장난을 보는 것만 같았다.

모든 것이 생각대로 잘 흘러가는가 싶었는데, 이대로라
면 그림을 다시 그려야만 했다.

『환생 마법사』 5권에 계속…

내일을 향해 쏴라

김형석 장편 소설

FUSION FANTASTIC STORY

1만 시간의 법칙!
'성공은 1만 시간의 노력이 만든다' 는 뜻이다.

그러나…
사회복지학과 복학생 수.
전공 실습으로 나간 호스피스 병동에서
미지와 조우하다.

1만 시간의 법칙?
아니, 1분의 법칙!

전무후무한 능력이 수에게 강림하다!
맨주먹 하나로 시작한 수의
인생역전이 시작된다!

Book Publishing CHUNGEORAM

WWW.chungeoram.com

네르가시아 장편 소설
FUSION FANTASTIC STORY

THE MODERN
MAGICAL
SCHOLAR

현대
마도학자

나르서스 제국의 전쟁영웅이자
마나코어를 개발한 천재 마도학자 카미엘!

그러나 제국의 부흥을 위한 재물이 되어
숙청당하는데……

『현대 마도학자』

죽음 끝에 주어진 또 다른 삶.
그러나 그에게 남겨진 것은 작은 고물상이 전부였다.

더 이상의 밑은 없다!
마도학자의 현대 성공기가 시작된다!

Book Publishing CHUNGEORAM

월야환담

채월야 · 홍정훈 장편 소설

"미친 달의 세계에 온 것을 환영한다!"

서울을 중심으로 펼쳐지는 뱀파이어, 그리고 뱀파이어 사냥꾼들의 이야기!
한국형 판타지의 신화, 월야환담 시리즈 애장판
그 첫 번째 채월야!

Book Publishing CHUNGEORAM

유행이 아닌 자유추구 -
WWW.chungeoram.com